가만히 기린을 바라보았다

가만히 기린을 바라보았다

1판 1쇄 발행 | 2022년 2월 1일
지은이 | 이경은
발행인 | 이선우
펴낸곳 | 도서출판 선우미디어
   등록 | 1997. 8. 7 제305-2014-000020
   02643 서울시 동대문구 장한로 12길 40, 101동 203호
   ☎ 2272-3351, 3352 팩스: 2272-5540
   sunwoome@hanmail.net
   Printed in Korea ⓒ 2022. 이경은

값 13,000원

ISBN 978-89-5658-688-5 03810

이경은
- - - - - - - -
에세이
- - - - - - - -

가만히 기린을 바라보았다

선우미디어 sunwoomedia

살아 있음으로, 나는 쓴다.

두려움 없이, 아낌 없이, 자유롭게.

싱싱한 이름을 붙여주었다

툭툭 건드렸다.

잠들기 전이나 걸을 때

나중엔 아무 때에나 신호를 보내왔다.

가슴속의 세포들이

자유를 찾아 떠나듯 비장하고 격렬하게 요동쳤다.

나는 이게 뭐지, 하며 뒤돌아보았다.

이야기들과의 첫 만남은

그렇게 시작되었다.

오랜 시간 내 안에 숨어 있거나 갇혀 지낸 것들을 하나씩 불러내었다. 한 컷의 사진 같은 장면들, 금방이라도 사라질 듯 희미한 기억들, 바스라질 것같이 파삭파삭한 생각들과 가슴에 깊이 박혀있던 이미지들. 그동안 소리 없이 갇혀 지낸 그들에게 나는 싱싱한 이름을 붙여주었다. 이제 그들은 더 이상 무명이 아니다. 이름이 없다고 존재가 없는 게 아닌데도, 비존재로 살게 했다. 무명無名은 언제나 잠재된 유명有名이다.

짧은 글이니까, 하고 시작했는데 이야기들이 아주 긴 다른 이야기들을 끌고 와서 당황했다. 그들은 고집이 세고 창의적이라 자기 목소리를 굳세게 내며 제 길을 갔다. 제 운명을 작가에게 절대 맡기지 않았고, 그저 펜을 빌리기만 했다. 나는 더러 이기기도 했지만, 거의 그들의 손에 이끌려갔다. 쓰면서 절로 겸손해지고 감사한 마음이 들었다. 이젠 내 안의 이야기들이 세상의 빛을 받고 뽀송뽀송 말라 제자리에 안착하기를 바란다.

토요일 아침밥을 같이 먹는 행운이 우리에게 있길….

차례

8

사람은 무엇으로 사는가

기억의 그물

이 경 은 의   그 리 운   이 야 기 — 첫   번 째

마침내 말을 걸어왔다

슬픔, 너를 잃어버릴까 봐

이상하다. 사람들이 자꾸 슬픔을 이야기한다. 슬픔을 공부하고, 슬픔의 절대성을 말하고, 슬픔의 근원을 말하고, 슬픈 이들을 둘러 세운다. 슬픔은 소리를 내어 하는 말이 아닌데, 지상에 함부로 내려놓거나 저자 거리에 마구 세우면 안 될 텐데···. 저러다 시들어 버릴까봐, 무뎌져서 헌신짝처럼 버려질까봐, 그러다 너를 잃을까봐 두렵다. 너무 슬픈 사람은 슬픔을 말하지 않는다. 슬픔, 너는 새벽의 풀잎에 맺힌 맑은 이슬처럼 신비해야 한다. 숨자. 사람들 가슴 밑바닥에 깊게 가라앉아 결코 흐르지 않는 눈물처럼, 잠시 숨어 지내자.

웅크린 잠

웅크리고 자는 사람을 보면 가슴 한가운데가 뭉친다. 무엇이 서러워서, 얼마나 외로우면 자기 몸을 돌돌 말아 등 굽은 새우처럼 잠을 자나. 웅크리고 자는 사람 안에는 웅크린 잠이 숨어 있다. 두 팔과 두 다리를 큰 대大자로 하고 사방팔방 신나게 몸부림치고 싶지만, 삶이 그를 자꾸만 웅크리게 한다. 웅크려야만 가슴을 보호할 수 있다. 낮 동안 밤 동안 세상의 거리에서 여기저기 마구 베였던 상처들을 밤새 끌어안아 주어야 한다. 가슴이 따뜻해질 때까지, 세상 밖으로 다시 나갈 수 있을 때까지.

늘 베개 옆에 두고 잠든다

영혼이 투명하게 비치는 흰 베일로 육신을 보드랍게 감싼다. 육신은 영혼의 날개를 늘 베개 옆에 두고 잠들기를 좋아한다. 노부부가 서로의 코를 고는 소리를 들어야만 잠이 오듯이, 이 둘은 곁에서 파닥거리는 소리를 들어야만 숨을 쉴 수 있다. 둘은 말할 수 없이 다정한 짝이지만 칼날같이 날카로운 날을 양손에 하나씩 갖고 있다. 너무 꽉 쥐면 피가 나고, 느슨하면 서로를 배신한다.

9월 4일역

'9월 4일역'이라고 부르면 혁명의 냄새가 나지만, 'Quatre Septembre'라는 말을 입 안에 굴리면 왠지 사랑의 느낌이 난다. 언어의 마술이자 매력이다. 같은 대상을 세계 각국의 사람들이 모두 다르게 부른다는 게 나는 늘 신기하고 재미있다. 아니 어쩌면 영화 〈구월이 오면come september〉의 이미지가 마음에 남아 있어서 그럴지도 모르겠다.

파리에서 머물 때, 저녁이 어스름해지면 이 역을 찾아갔다. 뭐 중요한 일은 아니고, 근처에 긴따로(金太郎)라는 일식점이 있어서였다. 여행객에게 음식을 골라 먹는 일은 때론 고역이고, 초행길에 입맛에 맞는 음식점을 찾기란 쉽지 않다. 프랑스 음식점에서 몇 번을 실패한 뒤에 나는 뜨거운 국물과 유부초밥이 나오는 이 가게에서 저녁을 해결하기로 했다. 빵으로 식사를 대신하지 못하는 촌스러움에다가, 한국음식에 대해서는 절대 미각의 입맛을 가지고 있으니 퓨전식 한국음식은 실없다. 그때 떠오른 어머니의 유부초밥. 나는 그리웠던 것이다. 하루 종일 하나라도 더 보려고 애쓰는 관광객이라 날이 어두워지면 '홈 스위트 홈'으로 돌아가 두 다리를 뻗어야 할 것만 같고, 가슴을 훑고 가는 남의 나라 도시의 바람은 이상하게 쓸쓸해서 어머니의 품이 생각났나보다.

이 '9월 4일역'의 숫자는 프랑스 국민의회가 황제 나폴레옹 3세의 퇴위와 새로운 정부 수립(제3공화정)을 선포한 1870년 9월 4일을 기념하기 위한 날이다. 의미가 많은 곳이지만, 나는 그냥 이 역의 이름이 좋아서 그곳에 저녁마다 갔는지도 모른다. 말은 몰라도 느낄 수는 있으니…. 낯선 곳에서 느끼는 달콤함, 특히 언어를 통한 이미지에 사로잡히는 것은 때론 포근하다.

잔 술

회사 앞 포장마차 안, 아주 오래된 풍경 하나—.

잡지사 기자생활을 할 때 선배 김 기자님은 잔 술을 손에 들고 웃으며 나를 향해 "이기자는 궁금한 게 많아서 먹고 싶은 것도 많겠어."라며 놀렸다. 글쎄, 그땐 왜 그렇게 궁금한 게 많았는지. 이 세상에 대해, 사람과 문학, 인생 등을 모두 알고 싶었다. 알 수 없는 안개 너머 저편의 세상을 얼른 보고 싶었고, 답답한 안개를 걷으려 달려 나가거나 그 속으로 덤벙 뛰어들고 싶었다.

지금은, 그냥 놔두는 게 좋아, 라고 생각하는 나이가 되었다. 그냥 있는 그대로 서서히 다가오기를 기다린다. 그런 날이 올 줄 몰랐겠지. 보이지 않는 세계가 있어서 더 신비롭다는 것을,

걸어가야 할 길이 있다는 게 희망이 될 수도 있음을 알기엔 너무 젊었다.

다들 사정이 어려워 퇴근길에 술 한 병을 호기 있게 못 시키는 시절이었다. 가끔 안주라도 시키는 날엔 우리 새내기 기자들은 안주 빨을 올리며 수다삼매경으로 들어갔다. 선배의 호주머니 사정은, 선배니까 하고 넘겼다. 선배를 진짜 하늘같이 생각해 주머니에 화수분이라도 들어있는 줄로 여겼던 것 같다. 우리는 신입기자의 특권을 마냥 누리며 철없이 막내생활을 즐겼다.

잔 술. 나는 이 말이 그렇게 정겨울 수가 없다. 욕심이 없이 가장 낮은 곳에 내려앉은 말, 소박하다 못해 눈물이 찔끔 나는 그런 말, 이제는 사라진 말, 아니 사라져 버린 말이다. 삶이 풍족해져 라이프 스타일이 바뀌자, 소리 없이 제 몸을 감춘 애잔한 말이다. 우리는 '잔 술'이란 말만 잃어버린 게 아니라, 그때의 삶의 모습을 더 이상 찾을 수 없을지도 모른다. 새로운 삶은 과거를 자꾸 지우려 하니….

영혼의 받아쓰기

나비의 날갯짓이 만들어 낸 먼지의 무늬만큼이나 자연스러운 재능을 가졌다는 피츠제럴드. 헤밍웨이의 시대가 뜨면서 그의 시대는 서서히 퇴색해져 갔지만, 헤밍웨이는 그의 재능에 대한 최고의 찬사를 바쳤다. 이런 재능 있는 작가들을 보면 사실 주눅이 들고, 머리에 쥐가 나고 손가락은 오타를 자꾸 낸다. 받아쓰기 할 때 받침이 뭐였나 생각하느라 끙끙댔던 어릴 적처럼 언어들 앞에서 머뭇거린다. 아마도 그들에겐 영혼의 뮤즈가 있을 거야, 귓가에 속삭여 주는 요정이 분명히 곁에 있어서 받아 적을 거야, 라고 위악을 떨어보지만 바보 같은 위악일 뿐이다.

가끔 떠오르는 얼굴이 있다

"심의실에서 전화가 왔는데…. 이 작가 문제 작가래."

"심의에 걸렸어요? 제 작품?"

"놀라긴. 아니 문재(文才)가 있는 작가라고. 이거 칭찬이야."

방송 PD는 소리 내어 웃었지만, 나는 순간 심장이 쫄깃했다. 갑자기 그 얼굴이 떠올라서….

언론검열이 있던 시절이었다.

나는 잡지를 들고 서울 시청 지하로 걸어 들어가다가, 난생처음 보는 살풍경에 멈칫했다. 사람들이 북적댔지만 소란스럽지는 않았다. 데스크마다 사람들이 쭉 앉아 있고, 그 앞에는 사람들이 서 있었다. 분명 죄수는 아닌데 이상하게 분위기에서 그런 냄새가 났다. 나도 한 책상 앞으로 가서 멈췄다. 검열관이 잡지를 펴서 들춰보다가 빨간 싸인 펜으로 몇 줄을 지웠다. 하필 내가 쓴 기사였다. 내가 당돌하게 그게 무슨 문제냐고 물었더니, 국가 간에 불이익을 줄 수 있다는 답변이 돌아왔다. 호메이니에 대해 쓴 기사였다. '사장이 한 소리 하겠군.'라고 생각하다, 옆 테이블로 눈길이 갔다. 온통 빨간 줄이다. 한 페이지 전체에 크게 X표가 그려져 있었다. 남아 있는 글이 몇 줄 안 되었다.

그때 무슨 용기로 그 남자의 얼굴을 보았을까.

아니 봐야할 것만 같았다. 그의 일그러지고 붉어진 얼굴을…. 주먹을 꽉 지고 검열관을 바라보던 그 얼굴의 참담과 울분. 손이라도 한번 잡아 주고 싶었다. 돌아서서 나올 때까지 그는 그 자리에 서 있었다. 뭐라고 작은 목소리로 항변하면서…. 언론에서 언론탄압이라는 기사가 뜰 때마다 가끔 떠오른다. 바로 그 얼굴이.

겁쟁이가 인생을 거는 방법

책 전체에 '삶과 죽음'이란 말을 당당하게 쓴 책을 보았다. 부러웠다. 그렇게 자유롭게 맘껏 쓸 수 있다니 역시 작가다. 나도 예전에는 그 말들을 잘 썼다. 그런 말들을 갖다가 글에 앉히고는 뭐 좀 아는 척 하기도 했고, 대범하고 시야가 깊고 예민한 촉수를 가지고 있는 듯이 그려냈다. 어쩌면 아마도 이런 무의식이 발동했을지도 모른다. '내게 죽음은 멀어. 나는 아직 젊거든. 그건 아주 먼 훗날의 일이니까.' 타인의 죽음을 통해서만 알게 되는 죽음의 겉껍질을, 죽음에 대한 단선적이고 감성적인 느낌을 마구 도용했다고 나는 고백한다. 이젠 입에 올리기조차 사위스러워 입도 달싹 못하는, 나는 겁쟁이.

나는 "나는 단지 그릴 뿐이다."라고 외쳤던 베르나르 뷔페.

그림은 그의 삶의 전부였지만, 파킨슨병이 악화되어 더 이상 그림을 그릴 수 없게 되자 "삶에 지쳤다."라는 유언을 남기고 자살한다. 마크 로스코도 마치 죽음을 암시하는 듯한 핏빛 그림인 마지막 작품 〈레드〉를 남기고, 심각한 동맥류로 결국 자기의 동맥을 긋고 생을 마감한다. 어쩌랴. 둘 다 가진 나는…. 그들의 마지막 죽음의 모습이 떠오르지만 눈을 꽉 감는다. 나는 겁쟁이.

"나는 지치고 스트레스를 받고 낙담한 사람들이 내 그림을 보고 고요를 찾을 수 있으면 좋겠다."던 앙리 마티스. 말년에 십이지장 수술과 두 차례의 폐색전증으로 이젤 앞에서 더 이상 그림을 그릴 수 없게 되자, 침대에 누워 종이를 잘라 '컷 아웃(종이 오리기)' 기법을 창조해 열정적으로 작업한 푸른 색을 좋아했던 화가. 파킨슨병이 심해지자 침대에 누워 구술로 글을 써 〈촌모씨의 하루〉라는 눈물 나는 수필을 쓰셨던 나의 스승 윤모촌 선생님. 나는 오늘 그 분들의 어깨에 기대본다. 그래. 이렇게 기대며 버텨 보자. 버티다 보면 어찌 되겠지. 나는 겁쟁이.

가만히 기린을 바라보았다

서울 대공원 동물원 화장실에서 손을 씻는데, 네가 나타났어. 유리창 프레임 안으로 들어온 너는 천천히 걸어갔고, 나는 가만히 바라보았지. 새끼가 죽으면 7일 동안 물과 먹이를 먹지 않고 비통해 한다던데, 모가지가 길어 슬픈 짐승보다 더 긴 목을 가져서 하늘에 닿을 만큼 슬픈가보다. 혹시 네가 나를 구경한 건 아니니.

빈털터리 마음

마음을 비우세요, 라고 자꾸 말하는데 비울 마음이 도대체 어디에 있나. 제발 좀 보여 다오. 나도 한번 제대로 보고 싶다. 이리저리 만져보고 비벼대고 나서 완전히 비우겠다. 아니 완전히 깨끗하게 삭제해서, 기꺼이 빈털터리가 될 것이다. 그게 그렇게 좋은 거라면. 그런데 다 비우면 무슨 기운으로 사나. 육신만으로?

눈 감고 사는 꽃

처음에는 분명 꽃이었다. 그 꽃이 찬란하게 빛나는 백색의 면사포와 잘 어울릴 때만 해도 평생을 환하게 웃게 될 줄만 알았다. 한 송이 꽃이 두부 한 모가 되고, 콩나물이 되고, 아구찜이 되고, 주꾸미로 변신하더니, 애보기 할미가 되고, 온가족 도우미에다 노인 간병가족보호사가 돼 버렸다. 당신의 사랑하는 꽃이에요, 라고 건네는 말에 기어이 눈을 감는다.

유별나거나 고독하거나

유별나다는 건 개성이 강하다는 말로 들린다. 행동이 튀고 활기찬 기운도 느껴진다. 아무거나 다 괜찮아, 라는 말은 아예 사전에 없다. 자기가 꼭 집어서 원하는 일만 하고, 좋아하는 것만 골라 갖는다. 디테일은 미세현미경처럼 예민해서 1밀리미터의 오차도 잡아내어 이게 아니라며 트집을 잡는다. 그 트집 때문에 남과 다투기도 한다. 더러 내 눈엔 다 그게 그거구만 유별나긴, 하는 억울한 소리도 자주 듣는다. 하지만 평범하게 자란 사람은 언제나 그 유별난 성격을 부러워한다. 제 삶의 몫을 당당하고 야무지게 챙기는 기분이 든다.

고독하다는 건 힘이 있어야 한다. 그것을 견뎌내기란 쉽지 않아서이다. 함께 하면 힘을 모으거나 나눌 수 있지만, 혼자서는 온 몸으로 하늘을 떠받드는 게 버겁다. 스스로 택한 사람은 그 고통도 달게 받겠지만, 어쩔 수 없이 고독해져버린 사람은 고독에 치이고 나중엔 지쳐 드러눕게 된다. 손을 뻗어도 허공뿐이고, 발을 벌려도 걸리는 게 없다. 고독해서 얻는 자유는 외로워서 진정한 자유이다. 자유는 외로울 때 빛을 발하고, 고독은 자유 옆에서 그 빛을 나눠 갖는다. 고독은 혼자 고독의 그림자를 다 담아내느라 눈물을 꾹꾹 참아서 물집이 생긴다. 하지만 고독이란 이름마저 퇴색되고 희미해진 사람들에게는, 그 터져버린 물집이 서글프도록 아름답다.

구석빼기에서 만나다

위로가 좀 번듯하고 푸근한 대상이면 좋겠지만, 내 젊은 날의 허전한 영혼을 위로해 준 것은 아큐(阿Q)이다. 세상이 보기에는 백전백패, 아큐 자신은 백전백승 정신승리법. 논리적으로 말도 안 되며 그저 착각이지만 '언제나 나 홀로 승자' 인 그는 죽는 순간에도 동그라미를 찌그러지게 그렸다고 걱정하는 사실은 약간 멍청이다.

루신은 민중 자신 속에 있는 노예근성이라고 그를 깎아 내렸지만, 사람이 거대하고 위대한 것에서만 위로를 받는 건 아니다. 남들이 눈여겨보지 않는 구석빼기에 앉을 때의 포근함은 온 몸의 세포를 안정시킨다.

아큐는 늘 거기에 앉아 나를 보고 손짓했다. '너를 이 자리로

오게 했으니, 오늘도 내가 승리한 거지?' 그의 득의만만함에
나도 따라서 자신 있게 웃었다. 인생은 의도한 대로만 움직이지
는 않는다. 아무도 모르는 마음의 세계가 따로 존재한다.

행복이 고양이 등에 앉아 있다

햇살 좋은 날, 한옥 마루에 나른하게 누워 조는 고양이가 더 없이 행복해 보인다. 마루 안쪽까지 길게 들어온 해의 조각을 홑이불 삼아 마냥 낮잠을 즐기는 모습이라니. 자는 고양이의 포근한 등에 행복이 앉아 있다. 보고 있자니 절로 행복해진다. 열쇠구멍으로 근심이 들어온다지만, 고양이 등에 털썩 앉은 행복은 걱정이 없다. 다행히 털 안에는 열쇠구멍이 없으니. 나도 그 곁에 나란히 누웠다가 깜박 잠이 든다. 내게도 열쇠구멍이 없다. 고양이가 꼬리로 툭 치니 닫히고 만다.

당신들의 그림자

나는 가지 요리를 싫어했다. 그러다 프랑수아 모리악의 소설을 읽으면서 '가지'에 대해 다른 인상을 갖게 되었는데, 단지 내가 좋아하는 그의 소설에 가지 요리 이야기가 많이 나온다는 것 때문이다. 그 덕에 결혼 후에는 가지를 잘 드시던 시어머님과 함께 다정하게 먹을 수 있었다.

서점 하면서 손님 안 오면 구석에서 소설을 쓰고, 농사를 짓다가도 길 옆 땅바닥에 앉아 글을 쓰고, 손주들 셋 도맡아 키우면서 쪽 시간 내어 쓰고 또 쓴 선배 강명희 작가의 『65세』. '쓴다'는 행위를 그토록 현실적으로 묵묵히 보여준 모습에 나는 감동받았다. 두부 한 모를 산다, 뚝배기에 다시마와 북어대가리를 넣은 육수 국물을 만들어, 두부를 넣고 끓이다가 새우젓과

명란젓으로 간을 하고, 파 마늘 듬뿍 넣고 그 위에 고춧가루 약간 풀어 상에 올린다, 는 대목에서 〈그녀가 세상을 건너는 법〉의 비밀을 눈치챘다. 나도 세상을 잘 건너고 싶다. 레시피대로 해 먹으리라.

노르웨이 여행을 할 때다. 노르웨이의 운자 크레보가 배경이라서 들고 온 정미경의 소설 〈밤이여 나뉘어라〉를 읽으면서 마음에서 계속 덜거덕거리는 장면이 있었다. 참으로 오랜 만에 만난 동창에게 차려낸 지나치게 간소한 식탁. 된장찌개와 가지구이, 오이무침, 샐러드. 왜 그런지 나는 소설에 나오는 그 밥상이 눈물겨웠다. 김서령의 배추적 한 접시를 부쳐 그 밥상에 올려주었더라면, 사람도 밥상도 외롭지 않았을 텐데 하는 쓸데없는 생각. 당신들의 그림자는 이리도 길다.

이 경 은 의   그 리 운   이 야 기 – 두   번 째

오후 네 시에는
아무 일도 일어나지 않았다

내 삶의 시간을 미친 듯이 몰아댔다. 지난 20년간 나는 바쁘다며 시간을 쪼개 널뛰듯이 삼지 사방으로 뛰었다. 그런데 충분히 썼다고 생각했지만 한 번도 제대로 쓰지 못하고 사는 기분이 늘 께름하니 남아 있었다. 뭔가 하는 일은 많은데도 늘 시간이 아쉬웠다. 시간이 나만의 것이라는 소유개념이 들지 않고 모두 타인에게 속한 기분이 들곤 했다. 메피스토펠레스에게 영혼을 팔진 않았지만 시간을 팔러 다니는 장사꾼 같은 느낌이랄까. 내 안에 저장된 시간의 용량은 정해져 있는데, 나는 그 한계를 생각지 않고 선線을 함부로 넘고 마구 써댔다. 생각해 보면 그 때 내 시간의 소유권은 모두 타인들에게 속해 있는 셈이었다.

그러다 나는 반갑지 않은 손님을 느닷없이 맞이해야 했고,

의사가 긍정적인 마인드와 스트레칭, 운동만이 살 길이라고 얘기하는 소리를 목으로 잘 넘기느라 용을 썼다. 일시에 모든 일을 그만 두고 멈추어도 세상은 변하는 게 하나도 없이 잘 돌아가고, 나는 여전히 초 긍정 마인드의 여자라며 사람들을 향해 환하게 웃었다. 한여름 뜨겁게 내리꽂히는 무진장한 햇빛처럼 순식간에 시간은 남아돌았고, 게다가 코로나라는 시대 덕분에 '빈 시간' 위로 '가로막힌 시간'이 덧쌓여갔다.

뇌에 관한 병이라 무리하지 않는 게 제일로 중요하기에 뭐든 적당히 보고 조금만 생각해야 한다. 책을 잡으면 끝까지 보고, 일단 작가를 한번 알아보자고 정하거나 영화 시리즈를 선택하면 그 밑바닥까지 들여다봐야 직성이 풀리는 성격은 그야말로 금물이다. 나에게 '일단 멈춤'은 무엇보다도 중요하다. 그래서 생각해 낸 것이 학교 때에 하듯이 50분 정도 뭔가를 보거나 하면 10분 이상 쉬는 것이다. 해 보니 참으로 과학적이라는 생각이 든다.

지금, 나는, 시간을 온전히 쓰는 방법을 어린아이처럼 배우고 있다. 책을 읽으면 차근차근 정성 들여 읽는다. 병에 걸렸다는 그럴듯한 핑계로 여러 가지를 면제받아 시간에 대한 모든 소유권이 단박에 내게로 넘어와 갑자기 시간이 넘치는 부자가 되었기 때문이다.

이래저래 여유를 부릴 배짱이 생기자, 나는 지중해식 요리를 배워 지난 두 달 동안 손님들을 집으로 초대하는 홈 파티 시간을 가졌다. 우리 모두는 잠시 달콤한 행복에 젖었다. 바이러스가 인간의 삶을 아무리 압박해도, 어떡하든 숨 쉴 틈새를 찾아내리라. 틈새에서도 꽃은 피어나니까. 눈을 감고 시간의 필름을 되돌려보면, 올 한 해 중에 그 시간이 가장 눈부시게 아름다웠던 것 같다. 나머지 날이 아무리 지루해도 참아낼 수 있을 만큼.

그렇게 잔치를 하고 나니 어느새 삶의 주도권이 다시 내게로 와 있었다. 이젠 끌려 다니지 않아도 된다. 내 삶은 나의 것. 손끝에 힘이 다시 들어왔다.

지난 한 달간 읽은 소설 중에 단순한 이야기인데도 머릿속에서 떠나질 않는 책이 있다. 어느 날 오후 네 시에 현관문을 두드리는 소리가 들려오는 것으로 시작하는 아멜리 노통브의 소설

〈오후 네 시〉. 처음에는 오후 네 시만 되면 초인종을 누르고 들어와 소파에 앉아 뻔뻔하고 당당하게 차를 주문하고는, 말없이 차만 한 시간 정도 마시고 돌아가는 이웃집 남자의 무례함에 가슴이 벌컥 했다. 그러다 나중엔 차 한 잔의 시간이 안식처나 도피처처럼 절실했던 건 아닐까하는 안쓰러운 마음마저 생겼다. 이 소설을 읽은 뒤부터 나는 오후 네 시가 되면 시계를 쳐다보거나 현관문에서 무슨 소리가 나나 귀를 기울이는 이상한 습관이 생겼다.

'뭐 이런 단순한 소설이 이렇게까지….'

이제 오후 네 시는 그냥 네 시가 아니다. 책 안의 환상세계가 현실로 넘어오는 장면이 바로 눈앞에서 벌어졌다.

나는 산책 시간을 오후로 바꾸었다. 휘말리고 싶지 않았고 떨궈내야 한다는 생각이 들었다. 시간은 요즘 나의 인심 좋은 친구이고 내 편이다. 뭐든 해도 좋고 아무것도 안 해도 상관없다. 그 '상관없음'이 두 다리에 힘을 준다.

그 날 이후, 오후 네 시에는 아무 일도 일어나지 않았다.

내 인생의 별책 부록

숨이 가쁘다.

처음 10분간은 몸이 준비가 안 되어서 그런지 낮은 언덕길인데도 숨차다. 하지만 그 시간이 지나면 몸이 길에 저절로 스며든다. 뭐든지 스스로 힘을 모을 시간을 기다려 주어야 한다. 둘레 길을 걷는다. 평평한 길이라 걷기에는 편하지만 지루하다. 지루함을 못 참는 나에게 그마저도 이겨내라고, 길이 그렇게 이어졌을까. 2시간 동안 두 번이나 쉬었다. 숨 고를 시간이 있어서 힘이 덜 들었다.

바삐 살았다.

두려움 없는 삶이고자 내 몸 안의 열정을 다 끌어 모았다. 텅 빈 밑바닥을 보지 않고 내동 달렸다. 몸이 어느 날, 말했다.

이제, 그만 멈춰. 잠깐 쉴 시간이야. 그러더니 별책부록으로
파킨슨 씨를 보내주었다. 애인으로 삼기엔 좀 그래서 친구처럼
지내기로 했다.

  악수하세. 친구여. 잘 지내보세.

불지 못하는 꽈리

어릴 적, 꽈리를 많이 불었다. 입을 오물거려 두 볼에 바람을 넣어 꽈리에게 전달하면, 꽈리는 화답하듯 고운 소리를 내어 주었다. 자연의 악기를 통해 음악을 시작하는 일이란 천상에 속한 아름다움이다. 이젠 주변에서 보기 어려운 식물이 되었다. 흔하게 보고 만질 수 있던 자연들이 인공에 파묻혀 사라져 간다.

뒤늦게 내게 꽈리가 찾아왔다. 파 선생을 따라 1+1으로 쪼르륵 딸려왔다. 이 이름도 예쁜 분이 오신 뒤론 나는 책을 읽거나 글을 쓰다가 혹은 텔레비전을 보다가도, 머리가 나만 아는 신호를 보내면 얼른 불 꺼진 방으로 들어가 숨을 죽이고 침대에 눕는다. 이건 한계치를 넘으면 터질 수 있다. 꽈리를 적당히 불어야만 찢어지지 않고 팽팽하게 음을 내듯이 항상 적정선을 유지해야 한다. 그렇게 한두 시간을 숨을 죽이면 가라앉는다.

머리에서 열이 사라지는 순간 나는 다시 소생한다. 늘 검은 무언가가 얼쩡거리는 기분이 들어 마음이 찔끔한다. 내 머리에는 불지 못하는 꽈리가 산다.

나만 아는 신호

원고 쓰기 99%, 책 읽기 88%, 텔레비전 막장 드라마 보기 70%, 교양 프로그램 보기 50%, 잔잔한 예능 보기 40%, 누워서 생각하기 20%, 꿈꾸기 20%, 음악 듣기 15%, 그림 보기 15%, 운동 뒤 푹 자기 10% 기타 등등. 나만이 아는 머리에 대한 충격수치 계산표이다. 이상하게 글 쓰는 일은 1시간만 넘어가면 머리가 살짝 조여드는 느낌이 난다. 머리가 긴장해서일까. 창작은 머리를 먹고 자라나보다. 얼른 풀어주어야지 하며 경계선을 슬쩍 바라본다. 삶과 죽음은 한 세트이다. '나'라는 존재는 체중계, 그 존재가 미미해서 다행이다. 매일 매일이 어찔하다.

꽃잠

어젯밤에 오랜 만에 푹 잠을 잤다. 깊은 잠. 친정 식구 같은 이들이랑 마신 술 이름이 '꽃잠'이었는데, 말 그대로 되었다. 갓 결혼한 신랑 신부가 처음으로 함께 자는 잠이라는 달콤한 말. 우리는 꽃잠을 마시고, 꽃잠을 자고, 그 옛날 첫날밤의 꽃잠을 그리워하며 밤을 보냈다.

스포르체스코 성의 달밤 음악회

밀라노 한인 음식점을 나오다가 우연히 산 티켓 한 장. 한인 유학생들이 공연하는 음악회라는데, 10유로밖에 안 해 가볍게 집어 들었다. 돌아다니다 시간이 되면 한번 가보지 뭐 하자 막내아들은 시큰둥한 표정을 짓는다. 하지만 나는 이미 스포르체스코 성에 매료된 터라 마음속으로 작정했다.

저녁 6시가 되니 사람들을 다 내보내고, 음악회에 들어가는 사람만 고스란히 들여보낸다. 그야말로 여름인데 저녁이라 바람이 살랑 불고 달빛은 교교하게 붉은 성을 비추더니, 스포르체스코 성은 음악에 휘감기며 서서히 어둠에 잠겨간다. 더욱이 먼 이태리까지 와서 공부하는 우리나라 유학생들의 음악회라 생각지도 못한 자부심이 풍선마냥 부푼다. 내 평생에 10유로를 이토록 값지게 써 보았던가. 옆에서 여기 생각보다 멋진데, 한다. 원래 그 동네에 사는 놈은 귀한 줄 모르는 법이다. 그때 잘 생긴 이태리 남자가 그 굵고 저음의 매력적인 목소리로 사회를 본다. 이건 음악이다. 언어의 음악.

"근데 어쩜 저렇게 한 마디도 못 알아듣겠냐? 너무 굴리네!"

이래 뵈도 나도 이태리말 1년 배운 여잔데….

영혼의 감촉

하늘을 쳐다보거나, 길을 걷거나, 책을 뒤적이거나, 창밖을 하염없이 내다볼 때마다 문득 생각한다. 언제나 다시 오실까. 암브로시아를 먹은 영혼의 여신 프시케Psyche가 실어다주는 깃털 같은 프시케. 그 숨, 그 영혼. 내 곁으로 날아와 귓속으로 그 호흡을 불어넣어 주시려나, 아니면 차가운 내 이마에 따스한 손길을 얹어주시려나. 어느 날 상처 난 가슴 사이로 남모르게 들어와 잠시 앉았다 가신 흔적, 을 껴안고 울었던 기억에 오늘 도 나는 기다린다.

독한 생각

독한 생각을 할 때마다 어머니가 떠올랐다. 발목을 잡았다.

독한 생각을 할 때마다 아이들이 생각났다. 발목을 잡혔다.

독한 생각을 할 때마다 사랑하는 사람들이 내 발목을 끌어당겼다.

어느새 발목에는 뿌리가 나기 시작했고, 그 뿌리는 점점 깊이 땅속으로 뻗어나가더니 결국 숨어버렸다. 땅 밑에 나무 하나가 거꾸로 자라나고 있었다. 거대한 뿌리.

예감은 틀린 적이 없다

방송작가 수업을 들을 때이다. 선생님이 잠깐 불러 나갔더니 반 친구의 작품이 표절시비에 걸렸다며, 아는 게 있냐고 물으셨다. 우리는 절대 그럴 애가 아니라고, 처음부터 우리와 함께 공부했던 작품이라 그럴 수가 없다며 자신 있게 말했다. 선생님은 우리의 확신에 마음이 움직이시는 것 같았다.

나는 뒤돌아서 가는 선생님께 "설마 거꾸로는 아니겠죠?" 하며 웃었다. 불길한 예감은 왜 그렇게 잘 맞는지. 〈예감은 틀리지 않는다〉에서 줄리언 반스가 결국 기억하게 되는 것은 실제로 본 것과 언제나 똑같지는 않는 법이라더니….

우리는 며칠 뒤 세상의 쌍욕이란 쌍욕은 다해가며 밤늦도록 술을 마셨다. 간도 크게 아예 통째로 남의 작품을 가져다 쓴

표절사건의 전말이다.

누군가가 말했다.

"오죽 했으면."

우리는 모두 눈을 째리고 쳐다보았다. 그 말이 잠시 목에 걸렸지만, 오죽해도 그런 일은 하지 말자며 잔을 부딪쳤다. 그래, 우리가 가진 게 뭐 있나. 자존심밖에.

나쁜 것만은 아니야

병病을 하나 가지고 사는 것은, 몸에 죽음을 들여놓고 삶과 사이좋은 척 하며 함께 살아가는 유리병 속 인생이다. 세상을 보는 눈이 한순간에 달라진다. 책을 통한 관념의 통로가 아니라 스스로의 몸을 통해서 세상을 보게 된다. 그 세상이 매순간마다 귀해서 새로운 열정이 생긴다. 그 열정은 삶을 새롭게 만들고, 사람들을 새로이 바라보게 하고, 세상을 향해 마음껏 열리는 마법의 문이 된다.

베로나 골목길을 걸으면 만날 수 있다

로마에서 버스가 확 돌아 멈췄을 때 나는 아, 하고 탄성을 질렀다. 거기에 콜로세움이 웅장하게 남성미를 뽐으며 서 있었다. 영화 속의 한 장면이 화면을 찢고 나온 줄 알았다. 강렬한 돌출의 느낌.

베로나 기차역에서 내려 시내로 걸어 들어오다가 나는 또 다시 걸음을 멈추었다. 저 우아한 자태의 정체는 무엇인가. 아레나(Arena). 생각지도 못한 조우에 잠시 멍하니 바라보다가, 두 동네의 건축물이 따로 떨어져 그리워하는 한 쌍의 연인 같다는 생각이 들었다. 나는 베로나라서 로미오와 줄리엣만 생각했는데…. 하지만 아쉽게도 '줄리엣의 집'에는 줄리엣은 없고, 로미오는 들어오지도 못할 만큼 여행객들만 넘쳐흘렀다.

호텔 주인여자가 토요일이라 사람이 많지만 오페라 표가 남아 있을 거라고 귀띔을 해 주었다. 나는 이게 무슨 일이람 하면서 원형으로 된 문을 향해 뛰어 들어가, 앞뒤 생각하지 않고 비싸서 안 팔린 티켓을 덥석 잡았다. '너에게 주는 최고의 선물이야.' 아이다 공주가 속삭였다. 카드는 집으로 돌아가서 어떡하든 메꾸면 된다. 이 순간은 두 번은 오지 않을 테니 일단은 보는 거야. 나의 이 무모한 행동은 후에 얼마나 잘 했는지 알게 되고 칭찬받는다. 스스로에게.

다음 날, 베로나 골목길을 돌아다니다가 문득 걸음을 멈췄다. 저편에서 수많은 로미오와 줄리엣이 걸어오고 있었다. 가슴에 사랑을 잔뜩 부풀리고서 웃으면서⋯. 베로나는 사랑의 도시이다.

말할 수 없는 비밀

비밀은 신비한 기운을 내포하고 있는 말이다. 더욱이 말할 수 없는 비밀이라니, 뒤통수를 단번에 치는 섬광이 들어 있다. 대나무 숲에 가서 말 하는 순간 비밀은 한순간에 사라진다. 더 이상 비밀은 이 지상에 디딜 땅이 없다. 말할 수 없는 비밀을 진주처럼 품고 있는 가슴은 늘 설렁대고 느닷없이 혈관이 저려 온다. 저린 가슴을 안고 매일을 사는 고통은 뒤돌아보는 순간, 살아있다는 통증.

당신의 창 가까이에 서서

하도 유명하다고 해서 미야자키하야오의 지브리 애니메이션 목록을 하나씩 줄쳐나갔다. 마치 공부하듯이 보고 있자니 답답해지기 시작한다. 사실 나는 만화를 잘 보지 않는다. 어려서부터 이상하게 그랬다. 하지만 사람들이 입을 모아 얘기하는 데는 분명 이유가 있을 것이고, 내 취향은 아니라도 그 세계에 눈을 떠야 할 것만 같았다. 몇 개는 괜찮았다. 지브리 애니메이션을 좋아하면서 하루키를 좋아하지 않기란 참으로 어렵다고 하는데, 아직은 둘 다 인연이 먼가 보다. 그래서 한 권 또 주문한다. 언젠가 만나지겠지.

별들의 나들이

기자와 인터뷰를 끝내고 나오는데, 태양이 온 몸으로 뜨겁게 내리꽂혔다. 갑자기 한 발자국도 내딛을 수가 없었다. 가슴이 텅 비어 헛헛했다. 건널목을 건너며 전화를 걸었다.

"뭐해? 태양이 너무 뜨거워서 집에 못가겠어."

"별집으로 오세요."

걸으면서 또 눌렀다.

"어디십니까? 막걸리 한 잔 합시다."

"세차하고 있는데, 금방 갈게요."

그렇게 대책 없는 시인과 터무니없는 수필가, 요상한 공무원

셋이서 동네에서 만나 낄낄거렸다. 약속 없는 약속을 지키러 무턱대고 걸어 나오면서 신나했다.

"우리는 이상해, 웃겨, 철없어, 신나, 사는 거 별거 없다지만 별 거 있네. 오늘 같은 날."

홍어 반 접시와 감자전, 막걸리로 배를 채웠다. 애들처럼 삼총사니 뭐니 신나게 떠들어대자, 별집의 별들이 가슴으로 내려와 반짝거렸다. 별 하나에 추억과 사랑, 쓸쓸함을 노래했던 동주를 떠올리며 잔을 부딪쳤다. 별들의 나들이에 잠시 온 세상이 환해졌다.

그날 밤, 그 별들은 자기가 내려온 세상에서 잘 놀다 갔을까. 모처럼 하늘의 영역을 벗어나는 기쁨을 누렸을까. 지상에 내려오는 것은 하늘에서 벌을 받거나 잘못한 일이 있는 천사라던데, 더욱이 주막집으로 내려왔으니 대형사고일지도 몰라.

하늘의 신들이 난리 났겠지? 괜히 신나네. 베를린 천사도 사람이 되고 싶다는 이 세상에서 아름다운 사랑을 했으면 좋으련만. 무엇보다 진짜 좋은 사람들을 만나서 한바탕 잘 놀고 무사히 돌아갔으면…. 자유로운 영혼의 별들에게, 건배.

사과 두 알의 마음

처음엔

사과가 좀 크고 먹음직스러웠으면 했다.

그날 밤 자려는데

생각 한 줄기가 슬그머니 따라와 곁에 누웠다.

도자기 접시의 무늬를 잘 보여주려고

마음을 줄인 거잖아.

아직도, 그걸 몰라.

이경은의 그리운 이야기 - 세 번째

사람은 무엇으로 사는가

물건 하나를 살 때에도 나는 꼭 직접 가서 눈으로 보고 만져 본 후에야 사는 스타일이다. 물론 시장이나 슈퍼, 백화점에도 두 발로 간다. 내 맘에 드는 물건을 사 가지고 돌아 나올 때의 포만감이란 욕망 해소의 극대점이다. 물욕으로 얻어지는 행복 앞에, 나는 기꺼이 선다. 슈퍼카트에 가득 찬 물건들을 보며 냉장고를 차곡차곡 채울 생각에, 이제 맛있게 냉장고 파먹기만 하면 되겠다는 상상으로 즐거워진다. 이상하게 냉장고가 비면 갑자기 우울해진다. 언제 생겼는지 모르지만 '내 안의 결핍 DNA'의 물욕에 대한 갈망은 이토록 무시무시하다.

사실 주위에서 온라인 쇼핑몰에서 무언가를 구입할 때마다 나는 저걸 어찌 믿나 하는 의심의 눈초리를 보냈다. 그동안은 그랬다. 이 바이러스 시대가 도래할 때까지는…. 이 고약한 놈에게 걸려드느냐 마느냐는 그 누구도 알 수 없는 일이니 그렇다고 치고, 우리 인간들은 예비방역에 온 힘을 기울여야만 한다. 그 중에서 제일은 바로 '비대면'이다. 사람이 사람을 만나고 살아야 하는데 얼굴을 맞대지 말라니, 이보다 더 비인간적인 생존 방식이 있을까.

바꿔야 산다니 결국 바꾸어야겠지. 문득 소설 『모스크바의 신사』에서 "환경이 사람을 지배하지만, 결국 사람이 환경을 극복하고 지배한다."라는 주인공 백작의 말이 떠오른다. 책의 글 한 줄에 위로가 된다. '그런 날이 꼭 올 거야. 바이러스, 기다려!'

나는 주위에 수소문하고 인터넷으로 서치해서 온갖 종류의 배달 사이트에 회원가입을 했다. 드디어 내게도 인터넷 쇼핑 시대가 열리는구나. 얼굴도 모르는데 전국 각지에서 보내주는 우체국 쇼핑과 팡팡팡, 쓱쓱쓱, 새벽배송까지 손가락 하나로 못하는 게 없다. 자고나면 생필품이 문 앞에 떡 하니 와 있다. 암묵적 합의로 비대면을 심각할 만큼 잘 지킨다. 나는 순식간에 택배의 여왕으로 등극했지만, 배달 맨들이 지나친 업무로 사망했다는 소식에 손가락이 떨리고 맥이 빠진다. 이게 다 뭐하는 짓이람….

톨스토이는 『사람은 무엇으로 사는가』에서 하나님에게 벌을 받고 세상에 온 천사 미하일을 통해, 사람에게는 자신에게 필요한 것이 무엇인지를 아는 능력이 주어져 있지 않다는 것을 알게 한다. 마치 한 치 앞의 일도 몰랐던 이 시대의 우리들처럼….

그는 "사람이 자신을 위한 걱정으로만 사는 것처럼 보이지만, 그들은 사랑으로 산다."고 말한다. 결국 사랑인가. 그런데 왠지 그 대답이 시원치 않게 느껴진다. 지난 몇 달 동안의 금지령이 마음을 삭막하게 만들었나보다.

이 시대에 진정으로 필요한 것이 무엇인가.

'눈 먼 자들의 도시'에서 느꼈던 두려움과 공포, 역전된 삶 앞에서 그동안 세상을 바로 못 보고 살았던 자신들이 바로 눈 먼 사람들이었음을 깨닫듯이, 이 바이러스가 곳곳에 숨어있는 도시들 속에서 나는 무엇을 느끼고 깨달아야 하는가. 역시 생존의 문제일까. 우리가 늘 당연하다고 느꼈던 바로 그 생존. 무엇보다 중요하지만 거기에 매달리는 게 왠지 조금은 그랬었는데….

보카치오는 이탈리아를 강타한 페스트가 피렌체까지 창궐한 것을 보고 『데카메론』을 썼다. 10명의 청춘남녀가 매일 한 가지씩 열흘 동안 100가지의 이야기를 하는데, 이 작품은 영적인 문제에 주목했던 중세적 시각을 타파하고 르네상스 시대로 전환하는 과도기의 모습을 생생하게 보여준다.

과도기, 이 말이 유난히 가깝게 다가온다. 어쩌면 우리는 지금 과도기에 서 있는지도 모른다. 과학을 신이라 믿는 시대의 오만이나 최고조의 물질문명으로 인한 극심한 폐해가 인간을 이렇게 벌세우는지도…. 사람들은 이제 다시는 바이러스 이전의 삶으로 돌아가지 못할 것이라고 자조한다. 과도기는 분명 고통스럽고 혼란하지만, 나는 르네상스 같은 새로운 시대가 올 것을 꿈꾼다.

그런 날이 또 다시 오겠지.

좁은 생태가게 안에서 낯모르는 사람들끼리 등을 맞대고 앉아서 부글부글 끓는 찌개를 앞에 두고 목소리를 점점 높이며 실컷 떠들 수 있는, '혹시 저 사람이' 하는 쓸데없는 두려움 없이 자유로운 파라다이스를 즐길 수 있는 그런 날이….

오늘 밤은 무슨 이야기로 천일야화를 이어갈까. 밤의 정적은 깊기만 한데.

구름을 쳐다보는 사람들

"땅에 뭐가 떨어졌어?"

늘 그렇게 물었다. 하도 고개를 숙이고 땅을 바라보고 걸어서 등이 굽은 건지, 등이 굽어서 그렇게 땅을 내려다 본 건지 알 수 없다. 게다가 이젠 덤으로 파킨슨병까지 두 어깨에 얹었으니 등이 더 굽어간다. 어차피 80노인이 되면 꼬부랑 할머니가 돼도 자연스러울 테니 상관없지만, 아직은 이르다.

구름을 바라보는 구름추적자 또는 구름애호가들이라 불리는 사람들이 있다. 그저 바쁜 생활에 틈틈이 하늘의 구름을 보며 편안한 마음으로 몽상하는 것이다. 아무 일도 안하니 상상력이 저 구름처럼 자유롭게 날아다닌다. 이름도 행복한 구름감상협회에서 수백 개의 구름들을 모아 책으로 내었는데, 태어나서 그렇게 많은 종류의 구름들을 처음 보았다. 처음엔 세상에 별 모임이 다 있네, 라고 생각했지만 참으로 행복한 모임처럼 느껴진다. 그저 하늘을 바라보기 위해, 단지 구름을 쳐다보기 위해 모이다니…. 말 그대로 무척 형이상학적이고, 그 무작정인 순수성이 흐뭇하다.

책 속의 구름들을 보며 생각했다.

'나도 하늘의 구름을 자주 쳐다보면, 굽어진 등이 펴질까.'

나른하거나 시름없거나

한 여자가 늘 맨 뒤에 앉았다. 그 나른하고도 가느다란 긴 눈을 하고 맥없이 강의를 들었다. 그 독특한 분위기에 나는 등허리가 근지러웠다. 나중에 〈전원일기〉를 쓰신 김정수 선생님께서 말씀하셨다.

"글 좀 쓸 것 같더라. 원 그 나른함이라니…."

그 여자는 방송작가가 되었다.

나는 그녀, 내 후배의 습작 작품을 참 좋아했다. 그 애매하고도 쓸쓸한 분위기가 있던 자유롭고 풋풋한 글들을.

한 여자가 시름없이 들어와 뒤쪽 자리에 앉았다. 큰 가방을 들고 묵묵히 왔다 갔다 하며 내 강의를 들었다. 이상하게 신경이 쓰여 안경 너머로 자주 엿보았다. 나중에 왜 그랬냐고 물으니, 아니라면서 무심하게 답했다. 자기를 닮은 말을 쓰는 여자. 어쨌든, 내 눈엔 그렇게 보였고, 속으로 '글 좀 쓰겠군.' 했다.

그녀는 사진을 찍는 수필가가 되었다.

나는 그녀의 작품들을 세세히 읽었고, 그 안엔 '시름없이'의 신호들이 숨어 있었다.

수상한 동네 후배들

2년 전 한여름, 내 몸은 한 마디로 웃겼다. 움직임이 느려졌고 마음대로 되질 않았다. 내 머리 속에서는 잘 걷는데, 내 두 다리는 '안단테 안단테'에 맞춰 움직였다. 사실 아직도 그 원인을 모른다. 극심한 두통을 위해 먹은 예방약이 두통은 멈췄는데, 부작용인지 뭔지 몸 전체가 서행을 하는 것이다. 의사에게 말했더니 그 약이 얼마나 좋은 약인데요, 라고 하면서 그럴 리 없다기에 싸우기 싫어 그냥 덮고 약을 끊었다.

그리고는 아파트 헬스센터 댄스반에 등록했다. 춤과 음악이 있으니 더할 나위 없었다. 문제는 예전에 춤을 제법 춘다는 말을 문득 기억해 낸 것이다. 유효기간이 훨씬 지나버렸는데 나만 모른 채…. 거울에 비친 내 모습은 내가 아니다. 나는 마냥 우겼다. 이래봬도 슬로바키아 뒷골목에서 동네 노인과 한 시간이나 춤을 춘 여자라고. 무시하지 마.

결국 무시는 안 당했는지 몰라도 모두들 나를 무척 아픈 사람으로 본 것 같기는 했다. 당최 발이 잘 움직이질 않으니, 그건 댄스가 아니라 제자리걸음의 황당한 행위예술일 뿐이었다. 고맙게도 아무도 왜 그러냐고 묻질 않아 내가 먼저 말해 버렸다. 그런데 알겠다고 고개를 끄덕이는 순간부터 내 곁에 있던 그녀들이 바빠졌다. 보이지 않는 손이 되어 1년 동안 나를 도와준 내용을 글로 쓰면, 아마도 눈물 없이는 못 보는 수기가 될 것이다.

기회가 되면 꼭 말해 주고 싶었다.

늘 옆에서 가방을 들고 집까지 함께 걸어가 주는 것도 모자라 마늘 까서 먹기 힘들다고 저녁내 한가득 까서 주던 전 일본어 가이드 계춘, 샤워할 때면 어느새 와서 등 밀어주고 매번 맛있는 빵을 사 와서 애프터를 풍요롭게 해 주던 예술심리상담사 영미, "언니 있으니까 좀 앉았다 가야지."하며 배낭에서 이것저것 꺼내주던 시 쓰고 잡지 만드는 바쁜 차애, 태생이 선하고 엽렵해 언니들을 존경하고 좋아해 주던 주부 성희, 우리 댄스반 반장이자 아산 신정호수의 이태리안 레스토랑 대표인 멋진 여자 소나타.

그녀들이 있어 나는 그 해 축축하고 질퍽거리는 진흙땅을 보슬보슬한 땅으로 만들어 잘 걸어 나갈 수 있었다. 고맙다는 말 말고 다른 건 이 세상에 없나 한참을 찾아다녔다. 아, 말이 모자란다.

옆에서 "요새도 그런 동네 사람들이 있어요?"라고 묻는다. 그들은 수상한 것이다. 그녀들의 존재가…. 그럴 법도 하다. 사실은 나도 하 수상해서 무슨 상을 수상하도록 해줄까 생각 중이다.

깊은 위로

"요즘처럼 영상의 시대에 라디오 드라마는 안 먹히지."

나는 실망이 돼서 맥이 빠졌다. 열심히 쓰는 게 바보 같았다.
이제껏 아무도 듣지 않는 글을 썼다는 말인가. 정말 그렇게 아
무도 안 들어?

맘이 시들해져서 게시판의 후기를 들여다보았다.

저 멀리 파라구아이에서 온 훈훈한 메시지 하나.

"이곳 머나먼 타국 파라구아이까지 방송이 연결되어 기쁩니
다. 더우기 모국어로 이경은 작가님의 드라마를 들으니 참으로
행복했습니다…."

미안하면서도 행복했던 메시지 둘.

"오늘 아침 출근을 못했습니다. 어제 드라마를 듣고 밤새 너무 울어 눈이 퉁퉁 부어서요. 작가님이 우리 집 이야기를 쓰신 게 아닐까 하는 생각이 들었습니다."

그리고 선비 수필가 윤모촌 선생님으로부터 온 한 통의 전화.

"어젯밤에 라디오를 들으니 극본이 이경은이라고 하던데, 내가 아는 그 이름이 자네 맞는가."

제자라고, 귀에, 들어오셨던 것이다. 그 많은 주파수 중에서 그걸 들으시다니, 스승님은 절대 못 따라간다.

그 뒤 10년 동안 군소리 없이 극본을 썼다.

곧게 뻗은 나무

곧게 뻗은 나무를 보면 기특하다. 옆으로 마구 뻗칠 수도 있었는데, 저 멀리 도망가고도 싶었을 텐데…. 스스로 자유를 반납하고 못내 그리워하는 너는 말한다. 바벨탑은 아니야. 그저 하늘 가까이로 가고 싶을 뿐이야. 나의 꿈은 하늘과 맞닿은 기쁨을 맛보는 것이야. 그걸로 족해. 사람들이 나를 쳐다보려면 고개를 들어 하늘을 쳐다보아야만 해. 나의 끝이 그곳에 있으니까. 자, 따라와 봐. 하늘과 닿았니?

숨 고를 시간

막내아들이 코로나 시대에 온라인 쇼핑몰을 열었다가 1년 만에 닫고 집으로 철수했다. 나는 반가이 맞이했다. 살벌한 세상의 정글 속에서 쓰라린 실패를 하느라 애썼겠지…. 계속 하다가는 공황장애가 올 것 같아, 라는 한 마디에 나는 그간의 심정을 단박 이해했다. 힘들다는 말 잘 안하는 아이라 더 그랬다.

얘야, 그동안 달렸으니 잠시 쉬렴. 지금이 바로, 숨 고를 시간이야.

시간이 멈춘 세계

하루를 24시간에 맞추어 산다. 나의 삶은 24시간의 연속이고 반복이자 재생이다. 마치 내 몸 안에 시계가 장착되어 잘 움직이는 로봇 같다. 삶은 초 단위로 재어지고, 재어진 시간은 계속 가위질 당하고 요리조리 재단되어진다. 나의 존재는 없다. 비존재인 시간이 존재이다. 시간이 멈추면 세계도 멈춘다.

빨랫줄 위의 셔츠처럼

바람이 분다. 빨랫줄 위의 셔츠들이 바람에 실려 날린다. 셔츠들은 이미 몸에서 제 힘을 다 뺐었고, 힘을 빼니 드디어 몸이 자유롭다. 이제 마구 흔들릴 수 있다. 자유는 아름다운 선율을 연주하고, 완벽한 춤을 춘다. 손끝의 힘마저 아낌없이 죄다 버리니 그제야 무념무상이다. 세상이 시원하게 바람에 날린다.

그들의 책상

실스마리아 니체 하우스의 흰색과 검은 색이 교차된 작은 책상. 니체는 눈이 나빠지고 두통이 심해지자 사물을 구분하기 어려워 그렇게 디자인 된 책상으로 가구의 위치를 구별했다. 작은 창으로 산이 보였다. 책상, 고통의 상징.

조앤 K 롤링이 『해리포터』를 썼다는 에든버러의 카페에 앉아 손으로 책상을 만져본다. 바로 이 자리였구나. 칭얼대는 어린 아이를 곁에 두고 차 한 잔을 시켜놓고 미친 듯이 글을 썼던 책상, 무한상상의 세계.

41세에 데뷔하여 82세까지 줄기차게 글을 써서 소설 1,000여 편을 쓴 고쿠라 지방의 마츠모토 세이쵸. 미스터리 거장의 책상은 운수회사 사무실처럼 건조하고 메말랐다. 책상, 처절한 노동의 현장.

내 책상은 노트북과 빵 한 조각. 그리고 커피 한 잔을 놓을 공간만 남아 있으면 족하다. 책상, 행복한 공간.

세상의 모든 책상은 정신을 받쳐주느라 네 다리가 후들거린다.

숨는 세상

오랜만에 밤늦게 거리에 서 있었다. 밤 10시가 되자 거리의 상점들이 문을 닫고 셔터를 내리기 시작했고, 순식간에 여기저기서 문이 굳게 닫혔다. 나는 잠시 정신이 멍해져서 거리를 하염없이 바라보았다. 낯설다. 서서히 불빛들이 사그라지더니 하나 둘씩 완전히 꺼져버리고, 거리는 어둠 속으로 잠겨 들었다. 거리가 숨자 생활이 따라서 숨기 시작하고, 사람들이 숨고, 삶이 숨어버린다.

분명히 이런 광경을 어디서 분명 봤는데…. 낯설지가 않다. 아, 통행금지! 사라진 지가 언제인데 이렇게 다시 보게 되다니. 통행금지가 해제되던 날, 거리에 나와 밤늦게 돌아다니며 '자유'를 만끽했었는데, 다시 통행금지의 기분을 느끼게 될 줄 몰랐다. 바이러스를 피해 집 안에 숨어 지내느라, 세상이 숨고 있는 걸 몰랐다. 두렵다. 숨는 게 너무 익숙해 질까봐.

게르니카

한 장의 사진을 들여다본다. 레이나 소피아 미술관 앞에서 찍은 사진이다. 나는 알고 있다. 이 사진에서는 기대감으로 얼굴이 마냥 환했지만, 미술관을 나온 뒤의 얼굴은 진한 우울로 감싸였다는 것을.

아침부터 서둘렀다. 문을 열자마자 들어가서 제대로 보리라는 생각에 마음이 바빴다. 사람이 많을 때 가면 그림이 아니라 사람 뒤 꼭지만 보다가 나오게 된다. 이 작품을 그럴 순 없다, 는 생각이 강하게 마음을 사로잡았다.

〈게르니카〉. 상상한 것보다 매우 길고 컸다. 나는 한 가운데서 한참을 바라보았다. 그림으로 전쟁을 고발한 작품. 그림그 자체가 생존자로 느껴질 만큼 많은 사람이 죽고 희생당한 이야기가 핏빛으로 요동친다. 흑백의 두 색깔. 그 참혹한 비극 앞에 어찌 다른 색깔을 쓸 수 있으랴. 피카소는 흑백의 색으로 폭격으로 파괴된 도시를 그 어느 색깔보다 강하게 표현하고 있다. 아니 이것은 게르니카가 아니다. 세계 어디에서나 전쟁과 폭력으로 고통 받는 땅 모두가 바로 게르니카이다. 고야의 〈1808년 5월 2일〉과 〈1808년 5월 3일〉 그림 속의 마드리드 시민 봉기의 참상이 또 다시 반복되다니…. 역사는 반복이라지만 그 끔찍한 일들은 반복을 금지당해야 한다.

　며칠 뒤, 바스크 지방으로 가는 기차 안에서 바스크 사람들의 강한 악센트를 들으며, 나는 그들이 겪은 고통의 시간을 다시 떠올렸다.

쓸데없는 것만 기억합니다

나는 쓸데 있는 건 기억을 못하고, 쓸데없는 걸 잘 기억한다. "그런 걸 다 기억해?"라며 옆에서 놀라는 걸 보는 건 참으로 즐거운 일이다. 뭐 대단한 것은 아니고 주로 시시콜콜하거나 소소한 것들이다. 30년 전에 들려준 남편의 친구 얘기를 "그때 나에게 이렇게 말했어." 라며 책 속의 삽화처럼 세세하게 묘사해 준다든지, 새끼손가락이 구부러진 선배가 책상을 탁탁 칠 때마다 '새우 등'이 떠올라 새우구이가 먹고 싶었다든지, 헤어밴드를 폼 나게 하고 강의실로 들어오던 후배의 상큼한 미소를 애인처럼 가슴 깊이 기억하는 온통 자질구레한 이야기들이다.

그런데 그 쓸데없는 이야기들이 가슴에서 나와 세상을 구경하기로 작정한 모양이다. 나는 졸지에 가이드가 될 판이다.

빈틈

나는 조금 빈틈이 있는 사람을 좋아한다. 완벽한 사람을 만나면 숨이 막힌다. 그런데 빈틈이 많아 여기저기 구멍이 뚫리고 일을 질질 흘리고 다니면 기가 막힌다. 빈틈이 없으려면 매순간 정성을 들이고 신경을 써야 하니 머리가 아프고 지친다. 빈틈을 만들어야 숨을 쉴 수 있다. 옛 어른들이 사는 게 느슨해져 빈틈이 생기면 샛된 것이 들어온다기에 늘 신경을 세우다가도 정신이 나가 일순간에 잊어버린다. 빈틈에 바람이 나면 사이가 멀어진다지만, 새롭고 신선한 바람이 그 자리를 만만찮게 메워줄 수도 있다. 빈틈, 이 말 하나의 무게가 심상치 않다.

이 경은의 그리운 이야기 — 네 번째

마 왕 의 유 혹

아침에 일어나 무슨 곡을 들을까 하다가 슈베르트의 〈마왕〉을 골랐다. 오늘은 왠지 격렬한 하루가 되겠군, 하는 생각이 든다. 아침부터 괴테의 시에 손이 가다니, 그런 일은 드문데…. 이 곡을 들을 때마다 나는 가슴이 요동치고 격분하다가, 심지어는 눈물이 맺힌다. 지나친 감정이입일 수도 있으나 음악의 힘은 이토록 무섭다. 나는 늘 마왕이 그 무서운 손길을 뻗치고 있다며 부르짖는 아이에게 말하는, 아버지의 답변이 몸서리쳐진다.

서서히 음습하게 다가오는 마왕의 손길이 얼마나 무서웠을까. 달리는 말 위에까지 그 검고 긴 손을 뻗어 시시각각 잡아채려는 마왕. 자기 눈에는 분명 보이는데, 피를 나눈 아버지가 보지를 못하다니…. 그 절박한 순간에 그런 한가한 표현이나 하고 있다니 하는 생각이 들자 내 가슴이 마치 바늘에 찔린 듯하다. 아이의 공포가 나에게로 전이되어 온몸에 바늘처럼 돋는다. 무서운 꿈을 꾸면서 식은땀을 흘렸던 기억이 되살아난다. 음악은 클라이맥스를 향해 격하게 달리고, 순간의 정지(Pause) 뒤에 선율이 조용히 바뀐다. 결국 아이는 아버지의 팔 안에서 숨을 거둔다. 나는 왜냐고 묻기보다 그럴 수밖에 없는 절망을 보고 절망한다. 슈베르트는 곡의 피날레 부분의 앞에 찰나의 휴지(休止)를 둔다. 피할 수 없는 죽음 앞에 아들이 마지막 긴 숨을 내쉬듯이, 차라리 공포와 두려움보다는 죽음이 편하기라도 한 듯이….

괴테가 본 것은 무엇일까. 단순한 한 편의 시가 아니라 시적인 순간, 서사적이면서 드라마적인 삶의 순간들의 복합체인 이 시에서….

몇 년 전, 슈베르트의 이 〈마왕〉을 공연에 올렸다. 음악 극본을 쓰면서 나는 어디에 초점을 맞출 것인지 고민했다. 슈베르트의 일생을 극 전체에 나타내야 하는 프로그램이지만, 이 마왕 속에 나타난 젊은 그를 잘 그려내고 싶었다. 자기가 31세란 짧은 시간을 살다 이 세상을 떠나가야 할 운명이란 걸 알았을까. 시를 소리 내어 낭송하면서 마왕의 죽음의 손길을 무의식적으로라도 느꼈던가. 그는 마왕이란 존재를 어떤 의미로 받아들여 작곡을 하였을까. 자기 몸 하나를 휴식할 집이 없어 늘 이곳저곳에서 떠돌이 삶을 살아야 했고, 빈한한 생활로 일생이 고통스러웠던 남자. 그에게 진정으로 필요했던 것은 무엇일까 하는 생각들로 머리가 가득 찼다. 음악의 강렬한 유혹이 늘상 마왕처럼 그를 잡아챘던 것은 아닐까. 음악이 자기 삶의 전부이고 행복하지만 너무 좋아해서 늘 두려웠던….

나는 한동안 마왕과 함께 지냈다. 연출자의 요구는 갈수록 까다로웠고, 배우들과 성악가도 따라서 까칠해졌다. 발음하기가 어렵다면 즉석에서 대본을 수정해야 했고, 성악가들도 단역으로 연기를 맡게 했다. 무대에 익숙한 성악가들은 연기도 곧잘 해 분위기는 무르익었다.

그런데 이상하게 슈베르트를 맡은 배우가 내내 왠지 맘에 들지 않았는데, 공연 날 무대 위에서 그는 더할 나위 없이 빛났다. 배우는 역시 관객과 무대가 힘인 모양이다. 슈베르트의 고통과

갈등, 삶에 대한 희망, 외로움이 온 몸에서 뿜어 나왔다. 뿜어 나온 공기방울들은 가볍게 날아 사람들의 가슴으로 파고 들어가 자리를 잡았다.

공연은 끝났지만 나는 한동안 벗어나지 못했다. 머리 한 끝에 자리 잡은 마왕이 도대체 떠나질 않았다. 할 수 없이 고개를 들어 이 검은 왕을 쳐다봐야 했다. 마치 요즘 TV 드라마에 나와 유명해진 어둑시니의 손을 잡는 기분이었다. 어둠을 상징하는 그 요괴의 손을 잡는 순간 사람들이 제일 무서워하는 것을 알아내 약점을 잡아내듯이, 마왕의 그 긴 손길은 내가 세상에서 제일 유혹당하는 것은 무엇인가를 집요하게 물었다.

내게 있어 마왕의 유혹은 무엇일까.

방랑, 고통, 자유, 가족, 책, 인식에 대한 끝없는 욕구, 평온함, 물질에 대한 욕망, 외로움, 사랑, 꿈, 사람에 대한 희망, 건강, 그리고…… 문학.

아마도 평생 이 유혹은 형태를 달리하며 나를 물고 늘어지겠지만, 나는 달리는 말 위에서 아버지를 부르지 않으리. 차라리 스스로 용감하게 그 손을 잡거나 매섭게 잘라 내든지, 두려움을 두려워하지 말라면서 두 눈을 부릅뜨리라. 세상에서 바로 서야 할 내 두 다리를 믿으며 굳게 나아갈 것이다. 아니다. 아닐 수도 있다, 는 생각이 순간 든다. 어느 쯤에서는 바로 그 마왕의 유혹이 오히려 그리울지 모른다, 심지어는 소중하거나 절실하게 애원할 지도 모르겠다. 내 호주머니 속에는 그를 유혹할 만한 도토리가 점점 줄어들고 있기 때문이다. 그가 매정하게도 두 번 다시 나를 말에 태우거나 손을 내밀지 않으려 할 때에 나는 드디어 자유로워질까.

자유와 유혹 — 이 두 개의 고리 사이에는 '생명'이 있다. 누군가 고목이 되어서 드디어 편해졌다고 한 말이 떠오른다. 20년 전에 들은 말이지만 지금까지도 동감이 잘 되질 않는다. 고목으로 사느니…. 내게는 아직도 그 자유보다는 유혹이 더 매력적으로 다가온다. 그것이 굴레일지어도.

황홀이라는 말

한참을 잊고 지낸 말이다. 나이가 들면서 점점 더 쓰지 않게 되었는데, 우선은 황홀한 일이 없어져서이다. 게다가 이 화려하고도 정신이 아찔해지는 말은 그 머리끝에 엑스터시가 모자를 쓰고 앉아 '순수'의 물방울을 세고 있다. 넌 순수의 물방울을 얼마나 모았어? '글쎄. 몇 개 안 될 텐데….' 세상의 때를 자꾸 몸에 묻히니 이 말이 영 접신이 안 된다. 황홀은 순수 덩어리라야 볼 수 있는 말이다.

설렘의 미학

이 얼마나 갓 짜낸 신선한 오렌지 주스 같은 말인가. 그 뒷맛의 달콤함이란 혈관을 순식간에 한 바퀴를 돌게 하고, 심장을 두근두근 충동질한다. 이 말에는 일정한 거리를 지켜주어야 한다는 약속이 들어있다. 반갑다고 서둘거나 무턱대고 가까이 가면 단박에 깨진다. 그것만 지켜주면 우리에게 여린 속살을 아낌없이 보여준다. 얼굴이 발그레해지는 시각, 만질 수 없는 데 만져지는 촉각, 두근두근 시도 때도 없이 울려대는 청각, 복숭아꽃 향기가 코끝을 간질이는 후각, 모든 문이 열린다. 한 발을 들이밀고 싶어지는.

편애

나는 편애가 심하다. 나는 늘 누군가를, 뭔가를 편애한다. 한번 믿은 사람은 거의 바뀌질 않는다. 책을 편애하고, 베토벤과 모차르트를 편애하고, 마크 로스코를 편애하고, 이상을 편애하고, 파울 첼란과 실비아 플라스를 편애하고, 니체를 아직도 편애하고, 천재성으로 반짝이는 존재를 편애하고, 이상한 매력의 소지자를 편애하고, 무명가수 30호를 턱없이 편애하고, 내가 편애하는 걸 편애한다.

그토록 편애하다 마음을 내려놓아야 할 때 온 몸이 몸살을 한다. 떼어낸 자국마다 살점이 뜯겨 나오고 곪는다. 하지만 상처는 결국 아물고 흔적만 남아 나를 물끄러미 바라본다. 편애는 내가 인생을 살아가는 또 다른 힘이다.

아름답지 않은 말에도 분명 존재 이유가 있고, 우리의 마음에 닿을 수 있는 길이 있는가보다.

고성, 그 바다 빛

고성의 대진 앞바다만 한결같이 찍는 사진작가가 있다. 바다는 매일매일 다르고, 하루도 같은 날이 없다면서 틈만 나면 렌즈에 담는다. 그는 바다를 보듬어 준다. 일 년을 넘게 집안에 갇혀 지내는 작가가 있다. 바다가 보고 싶어 꿈에 나타날 지경이 되자 무작정 달려간다. 고성 앞 바다는 그녀의 갑갑증을 풀어주고, 파도와 포말 속으로 1년을 냉큼 싣고 가버린다. 아프겠다. 모든 이들의 아픔을 품어주려니. 진주처럼 영롱한 그 바다 빛. 영혼이 잠시 정신을 판다.

어머니와 담배

모른 척 했다. 나만 그런 게 아니고 세 아이가 다 그랬던 것 같다. 제 어미가 담배를 피우는 게 부끄러워서는 아니다. 그 정도는 깨어있는 여성교육을 받은 세대라서 당당한 마음을 갖고 있다. 어머니는 자식들에게 절대로 피우는 모습을 보이지 않으셨다. 어느 날 문득, 이게 무슨 냄새지 하는 순간 겨우 알아챘을 정도이다. 언제부터였을까. 차라리 대놓고 말하면 편할 텐데, 라고 혼잣말을 했다. 저렇게 목욕탕에 쪼그리고 앉아 할 건 뭐람…. 하지만 들키고 싶지 않은 마음, 그건 어머니의 자존심 같은 거라고 생각했다. 매일 얼굴 맞대고 사는 가족에게도 자존심은 지켜져야 하니까. 나는 그 후로도 오랫동안 누구나 다 아는 그 비밀을 지키느라 입을 굳게 다물었다.

혼자서 세 아이를 키우다보니 힘이 많이 들었을 테고, 아직은 젊은 나이의 여자이니 당신 마음도 다잡아야 하셨겠지. 담배는 어머니에겐 힘을 내는 에너지였을 것이다. 그리고 보니 박** 드링크제도 엄청 드셨다. 아무리 말려도 듣지 않으셨다. 자식들과 살아내는 게 얼마나 힘이 들었으면, 어머니는 그렇게 많은 파워 에너지 드링크제가 필요했을까.

어머니는 폐암으로 돌아가셨다.

나는 해피엔딩을 좋아한다. 영화가 끝나고 나면 뒤돌아보지 않아도 되기 때문이다. 슬픈 영화는 너무 오래 가슴에 남는다. 나에게 가장 슬픈 영화의 한 장면은 언제나 '어머니'이다. 눈물이 하나도 안 나는데 평생 미치도록 가슴에 남아 있는.

둘러앉아 먹는 밥

'도시의 새 얼굴, 생활의 새 바람, 동방플라자'

80년대의 감성이 물씬 묻어나는 글귀이다. 태평로에 위치한 이곳은 그 뒷길에 밥집이 많았다. 나는 기자생활을 할 때 혼자서 밥 먹는 일이 생기면, 양은 개다리소반에 집 반찬이 나오는 이 동네 밥집을 찾았다. 근처 직장인들이 와서 먹는 집이라 여러 명이 둘러 앉아 먹는 풍경은 행복한 덤이다.

나는 혼자서 먹지만 외로움이 느껴지지는 않았다. 동그란 밥상에 그 밥집에 사는 귀여운 도깨비들이 방망이를 들고 와 앉아 있기라도 한 듯 속이 편안했다. 어려서 따뜻한 아랫목에 식구들이 둘러앉아 밥을 먹으며 이야기를 나누는 모습이 영화의 한 장면처럼 스쳐지나가고, 그 둥그런 밥상을 책상 삼아 낑낑대며

숙제를 하던 꼬맹이들이 떠올라 혼자서 미소를 짓곤 했다.

말이 씨

　방송작가교육원 기초반 수업 때이다. 내 작품 〈선덕여왕의 팔찌는 어디로 갔을까〉를 합평하다가, 사극 드라마의 원로작가이신 임충 선생님께서 "이건 라디오 드라마 같아."라고 하셨다. 몇 년 뒤 나는 말 그대로 라디오 드라마 작가가 되었다. 말이 씨가 된다더니….

　머리카락과 눈썹이 하얘서 백호 같으시던 임충 선생님은 학생들이 말을 못 알아들으면 "에구, 이 닭대가리들!"라고 하셨다. 물론 애정 어린 말이다. 오늘처럼 치킨을 먹을 때는 이상하게 그 말이 목에 걸린다. 이젠 그런 말을 해주실 선생님이 계시질 않는다. 등이 허전하다.

비켜 간다

어깨조차 스치지 않고 비켜간다. 운명을 보따리처럼 길가에
놓아두지만, 오늘도 기가 막히게 비켜간다. 운명은 이미 정해
진 거였을까. 알 수 없는 하늘의 주파수가 그곳만은 피하도록
조작되어 있었던가. 그것이 행운이든 불행이든 어김없이 비켜
간다.

집을 나와 옆 동네에서 자기 가족이 사는 모습을 평생 지켜본
남자의 시선처럼, 비켜간다.

익숙해진다는 것

처음 고혈압 약을 먹었을 때 나는 한숨을 들이쉬고 내쉬었다. 이제 내 인생도 끝장났구나 싶어서…. 이젠 아침에 눈 뜨자마자 파킨슨 약 3알 먹고, 아침밥 먹고 고혈압이니 고지혈증이니 당뇨니 하는 약들을 5알, 저녁엔 오메가 3나 비타민을 챙겨 먹는다. 군소리 하나 없이. 그 많은 약들은 어디로 가는 걸까.

냄새

아직 냄새가 난다. 요리를 할 때마다 제대로 음식 냄새를 맡고 있나 점검을 한다. 아는 게 병이다. 파킨슨 환자들은 냄새를 잘 못 맡는다는 소리를 들은 뒤부터 생긴 강박관념인데, 모든 사물에서 냄새가 내 코로 잘 들어오면 잠을 푹 잘 수 있다. 마음 편하게…. 유치한 잣대에 유치한 행동이다. 어쩌랴. 내 삶 자체가 이미 유치한 존재이고, '존재'라는 말 자체가 그토록 유치한 것임을 진작 알았으니.

사막엔 역사가 없다는데

쾌청한 날엔 여행 가방을 끌고 공항 의자에 앉아 잠시 후에 출발하는 비행기를 기다리고, 흐린 날엔 그리스의 하늘 아래 방 한 칸을 얻어놓고 하루 종일 글을 쓰든가 골목길을 돌아다니며 조르바를 생각하고 싶다. 그러다가 문득 그 사랑이 떠오른다. 조르바라니까. 끼어들지 마. 사랑 따위가. 천년의 사랑이라잖아. 젠장.

그래. 그 기막힌 사랑 앞에 내 기꺼이 무릎을 꿇어주마, 라고 낄낄댔지만 마음은 여전히 날이 시퍼렇다. 아니 시퍼렇다 못해 검게 그을렸다. 어쩌면 그을린 마음보다는 아예 타버리는 게 나을 지도 모른다. 애초에 없던 것처럼.

모질어서 모자란 중생은 모르는 죄를 탐한다. 결국 기막힌 사랑은 흙으로 바람으로 산화되고, 남은 이들은 자기들 가슴팍에 난 구멍만 맥없이 바라보아야 한다.

나는 사막으로 가 밤하늘의 별을 보고 싶다. 사막엔 역사가 없다는 말에 속아 보자.

청춘, 라이프 다방에 살다

숙대 앞 라이프 다방은 명소이자 우리들의 아지트였다. 카페가 아닌 다방. 쌍화차에 날계란이 둥둥 띄어져 나오지는 않았지만, 다방만이 가지고 있는 군내 나는 독특한 분위기가 있었다. 그 당시엔 적어도 다방으로 명소가 되려면 특유의 조건들이 따라 붙었다. 무엇보다도 유행하는 LP판을 많이 소장해야 하며, DJ가 멋있어야 하고, 커피 맛이 좋아야 했다. 라이프 다방은 이 세 가지 조건을 훌륭하게 충족시켰고, 화려한 명성을 어깨에 얹었다. 강의가 끝나면 나는 여기에 들러 음악을 들었는데, 메모 쪽지에 듣고 싶은 신청곡을 여고생처럼 두근거리며 썼다. 우리가 신청하는 음악들은 늘 틀어주었다. 내 친구와 DJ가 사귀는 중이라 특별대우를 받은 것이다. 나는 연신 아르바이트 시간을 생각하며 '한 곡만 더' 했다. 밥 대신 커피 한 잔으로 때우는 허세를 늘 부렸고, 뱃속은 허전했다.

어느 눈 내리는 겨울, 나는 내 친구를 종로서적 앞에서 두 시간을 기다리게 했다. 결국 나가지 않았다. 그때는 핸드폰도 없고 우리 집에도 전화가 없어 연락을 할 수가 없었다. 며칠 뒤 라이프 다방에서 만난 나는 몸이 아파서 못 나갔다고 거짓말을 했다. 그녀는 내리는 눈을 고스란히 맞으며 나를 기다린 모양이었다. 혹시라도 엇갈릴까봐서. 그게 나를 향한 진짜 마음이었다. '눈이 내리면 책방 안으로 들어가지. 바보같이…' 찌질한 나의 복수심에 가슴 한 켠이 찔렸다.

그런데도 여전히 그녀를 냉정하게 대했고, 두 번 다시 따로 만나지 않았다. 내 귓가로 다른 친구들의 목소리가 들렸다. '걔가 너를 이용하는 거야.' 내 귀는 얇았고, 나는 갑자기 자존심을 들춰 꼿꼿하게 세웠다. 부잣집 친구와 가난한 집 딸의 우정은 재미난 이야깃거리로 전락했다. 친구의 우울을 도와주고자 그녀의 첫사랑에게 편지를 전해 주러 연대 앞까지 달려가기도 했고, 늘 소소한 것들을 돌봐주는 사이였는데 결국은 그런 소리를 듣고 말았다. 졸업하는 날, 라이프 다방을 뒤돌아 나오면서 중얼거렸다. '단지 너의 그 지독한 우울 때문이야.' 허접한 변명에 헛된 자존심이 외투 속에서 고개를 숙였다.

그리고 몇 년 뒤 학교에 일이 있어서 갔다가 라이프 다방에 들렀다. 나는 문 앞에 서서 잠시 망설이다 그냥 돌아섰다. 문을 열면, 그 문을 열면 '청춘'이 달려들까 봐. 미친 듯이 가슴 아프게.

묵음

분명히 존재하기는 하나 실제로는 존재하지 않는 것처럼 숨을 죽이고 지내야 하는 존재, 묵음默音. 나는 늘 마음이 쓰였다. 다른 철자들을 발음할 때마다 괜히 미안했다. 묵음의 철자들은 얼마나 서러울까. 눈 동그랗게 뜨고 두 다리에 힘을 주고 빳빳하게 서 있는데도 아무도 몰라주다니…. 그럴 순 없다고 마음이 후드득 떨리면서도 입을 굳게 다물고 수문장처럼 다른 친구들 옆에 서 있다. 아무런 욕심 없다. 그저 가끔 고마워 해주거나 자기를 잊지나 말았으면 좋겠다며 평생을 서 있다. 언어의 세계는 그들 때문에 아름다워진다.

이경은의 그리운 이야기 – 다섯 번째

기 억 의 그 물

지난 3개월간 '기억'에 관한 글을 썼다. 노트북을 열고 아침마다 두세 시간씩 쓰다 보면, 내가 직장인이라도 된 듯 했다. 통장에 월급이 들어오진 않지만 나날이 늘어가는 원고의 매수가 내 영혼의 통장 열쇠였다. 그동안은 틈틈이 써 둔 것을 모아 책을 냈는데, 한 권의 책을 내고자 들어앉아 있는 일이 생각지도 않게 신선한 에너지를 불러 모았다.

오랜 시간 내 안에 숨어 있거나 갇혀 지냈던 것들을 하나씩 불러내었다. 한 컷의 사진 같은 장면들, 금방이라도 사라질 듯 희미한 기억, 바스라질 것같이 파삭파삭한 생각들과 가슴에 깊이 박혀있던 이미지들. 나는 그동안 소리 없이 갇혀 지낸 그들에게 이름을 지어 주고 무명의 존재에 의미를 만들어 주었다.

처음에는 몸 안 여기저기에서 서로 나가겠다고 하는 바람에 두서없이 마구 생각이 떠오르는 대로 썼다. 아니 그대로 받아 적었다고나 할까. 내 인생의 어느 부분인가를 제 혼자 기억하고 있던 목소리들을 들었다. 아침마다 신이 났다. 그들에게 방을 하나씩 배정해 주고, 방 이름을 근사하게 지어주는 일이 모처럼 뿌듯했다.

한편으로는 내 저 밑바닥 무의식 세계에 이 많은 기억들이 숨 쉬고 있었다는 사실에 놀랍고 두려웠다. 이토록 그물망이 촘촘하게 짜이고 층층이 쌓여 있었다니…. 그동안 얼마나 숨 쉬기가 힘들었을까. 정작 의식의 주인장은 아무것도 모른 채 그저 겉으로 드러난 표상만 위하고 살았으니 한심한 노릇이었다.

그런데 한 70개 정도를 쓰자 내 안의 기억들이 빈 바닥을 보이기 시작했다. 그것들이 시들해지자 내 몸도 따라 휘청거렸다. 몸 안의 내장까지도 통째로 비어가는 느낌이 들었다. 내가 의식하거나 생각하는 것만이 존재의 가치를 느끼게 해주고, 그게 '나'라는 육체와 영혼을 이끌어 가는 줄 알았다. 하지만 마치 방 한 칸을 빌어 살면서 주인인양 허세를 떨고 있었던 것일 뿐이었다. 수면 위에 떠오른 것이 모두 사실이거나 진실이 아니라면 수면 밑에서 소리 없이 움직이고 있던 잠재된 기억의 의식들이 오히려 진정한 실체일지 모른다는 생각이 들기 시작했다.

기억들이 떠오르지 않고 몸을 잔뜩 웅크리고 있었다. 숨은 기억들은 쉽게 그 정체를 드러내지 않았다. 나는 아사 직전의 상태에서 우선 벗어나야 한다는 생각에서 시집이니 소설이니 영화니 뭐니 닥치는 대로 읽고 삼켰다. 내 기억을 돌리는 데 필요한 거라면 가리지 않고 보았다. 그 글 줄기를 잡고 따라 올라오기를 숨을 죽여 기다렸다. 지극히 소심하고 내성적인 '외톨이 기억'들이 어딘가에서 숨거나 끼인 채 나를 기다리고 있을 것만 같았다. '날 구해줘'라는 목소리가 환청처럼 들려, 기억의 여신 므네모시네의 강물 한 방울이라도 얻어와 그들을 구해내야 했다.

어느 날 새벽, 드디어 하나씩 둘씩 소리 없이 나타나기 시작했다. 기억의 파편이거나 끝이 잘려져 나갔거나 드러나기를 망설이는 외톨이 기억들이 드디어 제 소리를 내었다. 잊혔거나 잊었던 이야기를 기억들이 내게 들려줄 때마다 등을 쓰다듬어 주었다. '그랬었지…' 하며 마음을 들여다보았다. 드디어 마지막 번호판의 기억이 다가왔고 우리는 서로 미소를 지었다.

기억의 그물망은 때로 촘촘하고 더러 성글어 슬쩍 빠져나가기도 한다. 아직은 대체로 수면 위에 진열된 생각이나 기억이 제법 남아 있는 편이다. 게다가 무의식의 잠재된 기억마저 있으니 그 그물망이 풍성하다. 비록 내가 확실하다고 믿은 기억들이 때로 변형되었거나 왜곡되기도 하고, 자기중심의 틀로 본 허위일 수도 있겠지만, 그래도 그런 기억이라도 있는 한 사람은 행복할 수 있다고 생각한다. 수면 위거나 아래거나 기억이 우리를 지탱시켜 준다. 든든한 허리처럼.

이제 시간이 흐르면서 그 그물망은 점점 비어갈 것이다. 어쩌면 반복재생 되듯이 이미 알고 있는 세상의 이야기들만 걸려들지도 모른다. 분명 미래로 걸어가고 있는데, 과거로 자꾸 가고 있는 기억의 세계에 오늘도 그물망을 던져본다.

가장 조용한 말

조용한 말은 들리지 않는다. 조용한 말을 하는 사람은 너무 조용해서 누구인지 눈치 채지 못한다. 조용히 구석에 있거나 밖에 서 있다. 사람들은 시대에 맞게 자기표현을 하느라 세상은 늘 저잣거리이다. 때론 북적대서 활기차지만 귀가 아프다. 점점 더 귀가 아파온다. 조용한 사람이 조용히 말을 하면 세상이 문득 조용해진다. 귀를 기울인다. 조용한 말은 마음에 추를 다는 무거운 말이다.

단지 1초인데

"어떻게 하면 1초라도 더 견딜 수 있을까?" 테레즈가 말한다. 공소 기각을 받아 죄를 면했지만, 그녀는 자기가 범죄자라는 걸 안다. 결국 자신의 가슴 한가운데에 평생 감옥을 만들고 말았다. 1초도 참아내기 힘든 인생을 살아야 하다니.

잠시지만 두 번의 우울증 시기를 겪었다. 대학교 1학년 때와 50대 후반이다. 병원에 가질 않았으니 병명을 선고받지는 않았으나 처음으로 좋지 않은 생각이 들었다. 한번은 친구들의 도움으로, 또 한 번은 이태리어 공부로 견뎌냈다. 침대에서 한 발을 내딛는 게 천근 무게이고, 마음이 세상으로 한 발짝도 나아가질 못했다. 저 1초가 내 1초가 될 줄은 몰랐다. 사람으로 받은 상처라 사람으로 아물어 갔지만, 그도 안 될 때는 이태리어 단어를 무작정 외웠다. 그 언어들 속에 생명을 향한 1초의 거리가 들어 있었다. 언어가 존재를 눈물 나도록 단순하게 지켜냈다.

구부러진 기억들

김기림의 꼬부라져 돌아간 만만찮은 인생의 〈길〉, 가슴 섬뜩
했던 〈해피엔드〉 마지막 장면 속 전도연의 구부러진 손가락—
다른 사랑에 빠져 아이에게 벌레가 든 우유병을 준 아내를 용서
못한 남편, 의 분노로 구부러진 마음에 손끝까지 저렸다. 손자
에게 뭘 줄 때면 신기하게 활짝 펴지던 〈집으로〉 외할머니의
구부러진 등, 광팬에게 살해당한 존 레논을 위해 만든 로이터스
바르드의 비폭력의 상징 〈구부러진 권총〉, 타인들에게 내뱉었
던 뻣뻣했던 말이 구부러진 말로 될 때까지 기다린 구부러진
시간들. 차가운 밑바닥에 있던 모든 구부러진 기억들이 내 마음
을 지나간다.

조르디, 오 조르디

이름을 '조르디'라고 소개 하는데, 나는 조르바로 들렸다. 니코스 카잔차키스의 영향력은 대단하다. 아니면 뭐든 문학적으로 듣고 해석하려드는 나의 병인가.

스페인이 첫 유럽 여행길이라 모든 게 멋져 보이는 판에 가이드까지 로맨틱하다니…. 그는 모로코로 가는 긴 시간 동안 자기의 이야기를 풀어놓았다. 이루어지지 못할 사랑을 이루려 이 먼 나라 스페인으로 와서 살게 된 연인의 이야기는 아름다운 미니시리즈 한 편이 나올만한 스토리였다. 나는 그 절절한 이야기에 혹 했다. 그 여행을 같이 갔던 이들과 함께 종종 그의 실루엣을 떠올렸다.

어느 날, 그의 사망 소식을 들었다. 아내가 몰던 차에 탔다가 그런 일이 생긴 모양이다. 문득 그의 말 한마디가 떠올랐다.

"우리 아내가 운전을 아주 와일드하게 해요. 아마 나는…."

말이 운명을 이끌었을까.

조르디, 조르바, 니코스 카잔차키스. 모두 영혼의 자유를 얻기를.

샤갈의 마을에 그림엽서가 걸려 있더라

늘 엽서만한 크기의 그림만 보았다. 아니면 책 한 곁에 삽화로 나온 그림을 보는 정도였다. 그래서 나는 원래 그림이 작은가보다 했다. 그런데 샤갈 미술관을 들어서는 순간 '완전한 착각'임을 깨달았다. 내 안의 그림엽서가 확대되어, 큰 벽 한 면을 가득 채우며 당당하게 걸려 있었다. 놀라워서 경탄의 신음소리를 냈지만, 괜히 주눅도 들었다. 어려서부터 자연스럽게 이런 그림을 보고 자라나는 아이들과 그림엽서를 통해 보는 아이들 사이에는 어쩔 수 없는 문화 차이가 있겠지. 때때로 그들에게서 느껴지는 자연스러움이란 게 혹 그런 데에서 나오는 걸까.

파리의 수면양말

11월 말인데 파리의 호텔은 역시 난방을 안 해 주었다. 하도 그런 이야기를 들어서 나는 수면양말과 수면바지를 준비해 왔다. 여행 중 감기에 걸리면 최악의 상태가 되므로 철저히 대비해야 한다. 하루 종일 관광지를 돌다가 호텔로 들어오면 얼른 이불 속으로 들어갔다. 두툼하고 포근한 수면양말을 양 발에 신고, 수면바지를 침낭처럼 입고 누우면 세상 부러울 게 없었다. 그제야 호텔 궁형 천정의 그림들이 보였다. 공기는 차갑고 온 몸은 포근하고 따스해서 여행객의 피로가 사르르 녹고, 나는 어린아이처럼 새근새근 잠들었다. 파리에 갈 땐 수면양말이 필수 템이다. '파리는 날마다 축제'라던 헤밍웨이는 뭘 신었을까.

연애편지

대학 1학년 때 미팅을 한 남학생으로부터 편지를 많이 받았다. 〈젊은 베르테르의 슬픔〉을 읽었는지 참으로 진지하게 잘도 썼다. 몇 번 만나지도 않아 뭘 그렇게까지 쓸 사이도 아니었는데, 오랫동안 긴 편지를 보냈다. 정성을 들여 꾹꾹 눌러 쓴 편지들은 늘 기분을 좋게 했지만, 내 마음이 움직이질 않아 받을 때마다 미안했다. 차라리 이젠 더 보내지 말라고 편지라도 한 줄 남기는 게 더 인간적이겠지만, 왠지 나는 그러질 않았다. 알 수 없는 여자의 마음. 어떤 날은 식구들 앞에서 큰 소리로 읽는 철없는 짓도 마구 했다. 그러면서도 편지들을 하나도 버리지 않고 모아 두었다. 마치 순수한 영혼의 눈물들을 모아두기라도 하는 듯이.

결혼을 앞둔 어느 날, 신혼집에 가지고 갈 짐을 고르고 있을 때이다. 어머니가 시답잖은 이런 것들은 왜 아직까지 가지고 있냐며 상자 안의 것들을 모조리 불태워 버리셨다. 편지를 준 사람은 얼굴도 가물가물 한데, 나는 편지속의 꾹꾹 눌러 쓴 글들과 마음이 아까웠다. 타들어가는 연애편지들을 보면서 저 안의 진심이 닿지 못한 게 잠시 쓸쓸했다.

'꼭 불태워야 하나. 놔두면 어때서, 그것도 내 젊은 날의 풋풋한 추억인데…'

지금 보면 그립거나 재미났을까. 아니다. 재미로 보는 건 그 편지들에 대한, 마음에 대한 모욕일 지도 모른다. 차라리 불태워버리는 게 더 인간적이고, 우리들의 젊은 날에 대한 존중이 아니었을까.

어머니는 다 계획이 있으셨던 것이다.

집시의 눈물 한 방울

온라인 서점에 들를 때마다 『집시의 눈물 한 방울』이란 책을 찾아본다. 아직은 안 나왔네, 하며 출판되기를 기도한다. 루마니아의 콧수염 신부님 가이드. 늦은 저녁 우리 네 사람에게 술을 한 잔 사주며 타향의 슬픔을 잔잔히 풀어놓았다. 루마니아 아내와 두 딸, 그리고 서로 맘에 들지 않는 장인과 사위, 모국이 그리워 뭐든 집어넣고 비빔밥을 만들어 먹는다며 아이들이 제일 좋아하는 음식이라며 찔끔댔다.

이 제목으로 책을 꼭 쓰고 싶다고 했다. 술이 취해서 한 말이니 분명 그의 진심이다. 우리는 장난처럼 서로 약속 지키라고 손가락을 걸었고, 지금도 그의 책을 기다린다. 왠지 그 책은 그의 꿈이고, 사랑이고, 슬픔이고, 하느님처럼 느껴져서이다.

같이 술 마셨던 여행사 대표는 "저거 오늘 하루 일해서 번 돈일 텐데."라며 그의 호주머니를 걱정했지만, 나는 누님과 형님들을 만나 이렇게 술을 마시니 행복하다며 호기를 부리는 그의 마음을 순순히 받아주었다. 나에게 루마니아는 드라큘라보다는 콧수염 신부님이다.

지금

광화문에 '아데쏘(Adesso)'란 이태리언 레스토랑이 있다. 이 태리어로 '지금'이란 뜻인데, 그곳에 들어서는 순간 우리에겐 과거도 미래도 없다. 오로지 지금뿐. 와인의 붉은 빛에도 지금 이 반짝이고, 우리의 정수리에도 징처럼 박혀 두들겨댄다. 그 누구도 건드리지 못하는 지금을 마시고, 삼키고, 실컷 배를 불린다. 돌아 나오는 순간, 지금은 순식간에 과거가 돼버린다.

삶은 언제나 현재진행형. 나는 지금을 살러 지금에 간다. 확실한 내 손 안의 것을 만지는 촉감이란 인생의 기쁨을 느끼게 한다. 이내 모래처럼 주르륵 손가락 사이로 허무하게 빠져나갈 것이지만, 이 순간만은 내 손 안에 꽉 잡혀있다. 순간의 희열에 자아도취 된다.

엄마김밥

오늘은 12줄이다. 우리 집 김밥은 밥에 밑간으로 갈은 소고기와 참기름, 소금, 그리고 깨를 듬뿍 넣어 잘 비비는 것으로 시작한다. 세상 일 모두가 그렇듯 기본이 제일로 중요하고, 그게 결국 퀄리티를 결정한다. 지금 싸고 있는 김밥은 막내아들 친구 신범이를 위한 선물이다. 맨날 "엄마김밥 먹고 싶어요." 해서 아침부터 행복한 소란을 피우고 있다.

이 김밥의 이름은 '엄마김밥'이다. 엄마김밥은 엄마의 사랑이 생각날 때 먹는 김밥이다. 내겐 울 엄마가 유부초밥이었듯이, 울 아들에겐 엄마김밥이다.

길 저편을 건너다보았다

그 시절 흑백 사진 속의 나는, 늘 온 몸이 눈물로 젖어 있다. 분명 햇빛이 비치고 있는데도 마르지 않는 게 이상했지만 불평하지는 않았다. 삶이란 원래 그렇게 구불거리고 연속극처럼 막장인줄 알았다. 그래도 가끔 벤치 끝에 앉아 행복을 기다리며 꾸벅 졸기도 했고, 아직 올 때가 아니라는 걸 뻔히 알면서도 길 저편을 건너다보았다.

슬플 때마다 꾸역꾸역 밥을 먹었다. 수천 개의 밥공기가 내 삶이었다. 아침이면 세상으로 나갈 채비를 하며 신발 끈을 단단히 묶었다. 신발이 다 닳아 부끄러워도 두 다리가 있으니 못갈 데는 없다며 선선히 미소를 지었다.

벤치 위의 저 끝에 누군가 두고 간 책 한 권이 있었다. 행복

대신에…. 나는 햇살을 받으며 읽기 시작했다. 날이 저물고 밤이 왔다. 저녁밥을 먹으러 집으로 걸어가면서, 이 밤이 지나면 아침이라며 두 눈을 반짝거렸다.

공간의 미학

연극배우들이 산이라도 뒤덮을 기세로 들어왔다. 기氣와 끼가 온 몸에서 뿜어 나와 방 안 가득 흘러넘쳤다. 아, 배우란 이런 것이구나, 하며 속으로 움찔했다. 겉으로 아닌 척 하느라용을 썼다. '난 작가다. 여기서 기가 죽으면 물리고 밀린다.' 우연히 음악 연극극본을 쓰게 되면서 생각지도 못한 경험을 하였다. 인생은 배움과 도전의 연속이던가.

작가란 글로 오만가지를 다 쓴다. 글에서는 시공을 초월하고, 차원을 넘나들며, 오대양 육대주를 맘껏 돌아다닐 수 있다. 그런데 무대는 다르다. 거기엔 '공간'이 엄연히 존재한다. 제한된 공간 안에서 무제한의 이야기를 풀어내야 한다. 언어도 다르다. 모든 언어는 배우들의 입과 몸짓, 정신을 통해서 무대 위로

나오기 때문에 항상 반응을 살펴야 한다. 글로는 더 할 수 없이 좋은데, 그 언어가 무대에 서면 어설프고 낯이 뜨거울 때가 많다. 어찌나 부끄러운지 그냥 그대로 도망치고 싶을 때도 있지만, 배우가 잘 살려줄 때는 눈물이 난다. 극본을 써 주면 연출가가 제 멋대로 고쳐오기도 하는데, 처음에 나는 자존심을 내세워 저항하고 다퉜다. 무대언어를 잘 모르면서도 작가랍시고 무식하게 우겨댔다. 무대는 배우의 것이다. 그 단순한 사실을 깨닫는데 3년이나 걸렸다.

토요일 아침밥 같이 먹을래요?

캐나다 국경 지대에 살던 친구가 말했다. "미치겠어." 그녀는 그저 일상얘기만 나누는데 지쳤다며, 사치스럽고 허영기가 넘치지만 형이상학적인 고급 언어로 대화하고 싶다고 소리쳤다. 커피나 와인을 한 잔 마시면서 사람을, 세상을, 문학과 예술을 떠들고 싶어, 라며 잠시 목이 메었다. 그때 희미하게 이런 생각이 들었다.

토요일 아침, 등허리가 허전한 사람들이 서슴없이 모여 이야기를 나누는 거야. 가볍게 빵 한두 개와 커피 한 잔으로 브런치를 하고, 한 2시간 정도 신나게 떠드는 거지. 뭐 훌륭한 대화가 아니라도 상관없어. 그런 거대한 말은 너무 피곤해. 지난 일주일 동안 가슴 아팠던 마음의 조각을 꺼내 칭얼대거나, 내 기억들의 파편을 찾아내 이야기를 만들거나, 책 안에 숨겨진 나만의 생각과 의미를 보자기에 싸 들고 와서 원 없이 실컷 말하는 거야. 고어거나 신조어거나 마구 섞어가며 멋진 표현과 묘사로 범벅된 대화를 해보자고. 그런다고 세상이 어찌 되지는 않잖니? 쓸모없으면 어때. 그게 더 좋아. 지난 며칠 동안 쓸 데 있게 사느라 애썼으니까. 오늘 하루는 턱없이 낭비해 보자.

너와 나를 위해 기꺼이 시간을 비워놓겠다는 약속을 할게. 오기 전에 '행복의 문'을 열어놓길 잊지 말도록.

이경은의 그리운 이야기 - 여섯 번째

뒷 모 습

길을 가다가 야채 가게에서 부추 한 단을 냉큼 집어 들었다.

물론 처음에는 부추지만 그 옆에 진열해 놓은 파, 오이, 깻잎과 상추, 가지 등등을 사서는 양손에 들고 의기양양하게 집으로 향한다. 모든 명칭 중에 단연 압도적인 '주부'라는 이름은 이렇게 좋은 채소나 과일들을 보면 없던 구매욕도 솟구치게 만든다.

부추를 살 때마다 그녀가 생각난다. 뭐 친한 사이도 아니고 그저 같은 문학동인회의 회원으로만 아는 사이였다. 수필집 이름이 대학로에서 하던 가게 《뜰아래채》이던가. 회원이 하는 가게라 마음 편하게 문우들이 모여 모임을 하던 곳이다. 그렇게 몇 번을 하다가 그녀의 별장까지 가게 되었다. 15여 명을 초대해 음식을 차려내는 모습이 여장부처럼 느껴졌다. 부추전을 부치는 옆에 서서 "다른 건 안 넣고 부추만 넣어요? 근데 이렇게 맛있어요?"하면서 열심히 들여다보았다. 그녀가 만든 부추전을 말로 표현하자면, '자박자박 쫌쫌하게 눌러진 모양'이었다. 나는 흉내를 내보았지만 단 한 번도 성공하지 못했다.

사람의 뒷모습은 이상하게 앞모습보다 이야기가 많이 들어 있다. 그 실루엣에서는 강렬한 힘이라든지 행복에 넘치는 이미지보다는 사람의 마음을 아련하게 만드는 그 무언가가 만져진다. 그녀도 그랬다. 아, 사람들 앞에서 그렇게 여장부인데 왜 뒷모습은 그리도 가냘프게 흔들렸을까. 가게에서 카리스마 있게 직원들을 대하고 바삐 움직이던 모습과 그녀의 뒷모습은 연결이 잘 안 된다. 두 어깨의 실루엣에 슬픔의 그림자가 얹혀있는 느낌. 마치 무어라도 알았던 듯 얼마 안 있어 그녀와 안타깝게도 영원히 이별해야만 했다. 오늘 같은 날은 별장에서 여자들끼리 밤새 나누었던 말들이 마음 밑바닥에 가라앉아 있다가 불쑥 수면 위로 올라온다.

낡고 누래진 흑백 사진 한 장.

젊은 시절 아버지의 뒷모습이 담겨 있다. 긴 바바리코트를 입고 살짝 옆으로 돌아서서 담배를 피면서 걸어가는 사진이다. 내가 제일 좋아하는 아버지의 이미지이다. 비록 사진 한 장이지만, 그 안에 젊은 아버지의 인생과 사랑, 열정, 허무, 슬픔, 고뇌, 시대가 들어 있다. 겨우 사진 한 장인데 그 많은 게 느껴지다니…. 가난한 시대를 살아야 했던 그는 아내와 아이들의 가장자리가 버거워 혹 자유의 영혼으로 살고 싶지는 않았을까, 하는 생각이 들곤 했다. 아버지라는 이름보다는 문학청년이나 방랑객이 더 어울린다고 생각했다.

'아무런 일도 일어나지 않은 순간'을 예술로 승화시키는 탁월한 능력과 시선을 가졌던 사진작가 에두아르 부바(Edouard Boubat, 1923~1999)의 사진들을 들여다본다. 아무런 일도 일어나지 않은 순간인데 사진으로 찍으니 '굉장한 일이 일어난 듯한 순간'으로 다가온다. 그의 사진에 글을 실어 《뒷모습》이란 책을 함께 낸 프랑스 최고의 작가 미셸 투르니에(Michel Tournier). 그런데 이상하게 글이 사진에 착 달라붙질 않고,

내 머릿속에서 자꾸 겉돌기만 한다. 번역된 산문시를 읽을 때마다 느끼는 어쩔 수 없는 서걱거림이다. 모국어가 아니면 결코 메워지지 않는 틈. 신발 안에 들어 있는 모래처럼 불편하고 껄끄럽다. 에두아르 부바가 찍은 뒷모습들의 이미지가 너무 강해서일까. 글을 넘어서는 이미지이다. 아니 이미지 시대를 사는 우리에겐 이제 글이라는 문자보다 이미지가 잠재의식을 더 파고들어서인지도 모른다. 무서운 학습의 효과이자 무의식적인 전파력이다.

나는 어려서부터 등이 굽었다. 선생님들이 바른 자세를 가르쳐주었지만, 몸이 약했던 나는 수업시간 내내 자세를 똑바르게 하기가 힘들었다. 몸을 움츠리고 앉다보니 그리 되고 말았다. 게다가 어린 게 잡생각이 많았다. 공상과 상상의 여왕이었다. 생각이 많으니 자연히 고개가 숙여지고 걸을 때마다 땅을 쳐다보고 걸었다. 남들이 땅에 돈이 떨어졌나 고개를 들어 하늘 좀 쳐다보고 걸으라고 해도 버릇이 고쳐지질 않았다. 그러니 뒷모습이 보기 좋을 리가 없다. 그 옛날엔 뒷모습이 아름답다고 따라와 데이트 신청하던 밴드마스터도 있었는데, 이제 다 사라져

버린 옛날 고리짝의 추억일 뿐이다.

하늘을 쳐다보며 걸으면 뒷모습이 달라지려나.

'얘야, 그러다 넘어질라. 아직은 땅을 내려다보며 생각할 때
란다.'

첫 줄을 기다리며

　첫 줄. 커서가 계속 깜박거린다. 어서 불러오라고 내게 신호를 보내지만 화면은 아직 비어있다. 며칠 째 계속되는 변비나 아이를 낳을 때처럼 몸 안에서 소용돌이 치고 끙끙댄다. 기다려. 아직 나올 때가 아니야. 생각을 좀 더 굴려봐. 못 참고 한두 마디 썼다가 지우기를 계속한다. 첫 줄은 나를 괴롭히는 게 특별 취미. 산뜻하게 쓰윽 써지는 날도 있어야 하지 않겠니? 오늘은 쓰윽, 첫 줄에 도착했다는 전보를 받는다. 왠지 불안하다.

짐작할 수 없는 결말

결말이 눈에 보이면 마음이 편하다. 하지만 너무 뻔히 보이면 신경질이 나고 오히려 화가 난다. 겨우 그거야 하는 실망감은 목소리를 높게 만들고, 할 수 없이 결말은 짐작할 수 없는 비밀 상자에 숨겨진다. 사람들의 호기심은 끝이 없어서 헤쳐파내기 시작하고, 막장은 막장으로 점점 치닫는다. 어쩌지. 삶은 끝이 분명하게 정해져 있는데. 죽을 수밖에 없는 운명.

아, 끝이 이처럼 단정하다니.

그들을 아프게 한

나는 아니라고 말할 자신이 없다. 남을 올려다보기도 했지만
내려다 본 일이 더 많았다. 나보다 조금 덜 알아서, 덜 가져서,
덜 생각해서, 덜 세련돼서, 덜 써서, 덜 읽어서, 덜 느껴서, 덜
슬퍼해서, 덜 따뜻해서, 덜 들어서, 덜 봐서, 덜 돌아다녀서,
덜 사랑한다고 생각해서 벌어진 일이다. 생각만 해도 부끄러워
시선을 둘 데가 없다. 무엇보다도, 그들을 아프게 한.

아버지의 등

캄캄한 밤이다. 어린 계집아이는 제 아버지의 등에 업혔다. 따스해서 살짝 잠이라도 들 것만 같았지만 잠들지 않았다. 속으로 이제 우리 엄마한테 가는 거야, 라며 뒤도 돌아보지 않았다. 할머니네 집이 아무리 좋고 잘 해줘도 내 집은 아니라는 깜찍한 생각을 했던가. 혹여 아버지가 두고 가기라도 할까봐 아버지의 등에 더 바짝 업혔다.

그렇게 어렸는데도 지금까지도 그 장면만은 기억이 생생하고, 가슴 안에 촉감이 고스란히 남아있다. 얼마 뒤에 드라마보다 더 드라마 같은 기막힌 삶이 턱하니 기다리고 있고, 커 가는 내내 가슴이 시리고 차갑게 얼어붙어버리고 말 거라는 귀띔을 받은 적도 없었지만 때론 모든 게 용서가 되었다. 아버지의 그

따스한 등을 떠올릴 때면.

새가 날아간 방향을 바라본다

집을 구하기 힘들 때인데 이상하게 지금 살고 있는 집이 남아 있었다. 나중에 물어보니 젊은이들이 회피해서 그렇다는 것이다. 아파트 뒤에 보이는 저 산동네가 달동네 같아서 분위기 망친다는 이야기이다. 이상도 하다. 나는 그게 좋아서 이 집으로 이사 온 건데. 저녁 무렵, 그 산동네 아래 조그만 가게들에 불이 하나씩 들어오면 마음이 근질거린다. 나를 부르는 것 같기도 하고, 생에 대한 욕망도 새로 생기고, 『거기 사람이 있었네』의 작가도 떠오른다.

8년 후 지금, 산동네는 재개발 바람이 휩쓸아치더니 결국 그 센 바람을 피하지 못한다. 가게들은 하나씩 둘씩 문을 닫기 시작하고, 드디어 집집마다 ×표가 그려진다. 볼 때마다 조금 섬

뜩하다. 유대인의 집에 그려졌던, 전염병이 돌면 문마다 표시 됐던 그것은 배척의 표시이다. 혼자서만 이 세상에서 나가라는 내쫓김의 주홍글씨이자 차가운 배신의 상징이다.

슬슬 천막가리개가 세워지고 무너트릴 준비를 하고 있다. 나는 그 동네 길을 걷는다. 무너질 수밖에 없는 집들의 마지막 숨소리를 듣고 싶어서. 걷고 있는데 내 가슴이 서서히 폐허가 되어 간다. 하늘을 쳐다보니 새들이 날아간다. 새들은 무너뜨리거나 무너질 집이 없겠지. 그저 자연에서 집을 지었다가 자연으로 돌아갈 뿐.

나는 한참을 새가 날아간 방향을 바라보았다.

11시는 매일 아침마다 온다

11시만 되면 전화벨이 울렸다. 늦잠 자는 큰딸을 기다리느라 어머니는 전화기를 몇 번이나 들었다 놨다 하셨을 것이다. 돌아가신 뒤 3년 동안은 그 시간만 되면 가슴이 찌릿하고 환청이 들렸는데, 10년이 넘어가니 더 이상 들리지 않았다. 망각은 기억보다 더 무섭다. 존재 자체를 사라지게 만드니….

꼭 행복해야만 하나요

행복은 창호지를 통해 들어오는 조각 빛처럼, 코끝을 스치는 은은한 다향처럼 잠시 다가오는 말이라고 생각했는데, 사람들이 자꾸 "행복하세요." 라는 말을 해준다. 문득 행복하지 않으면 큰 일 날 것 같은 생각이 든다. 억지로라도 미소 지으며 행복한 척을 해야 하나 고민이 될 정도로 강박관념마저 생긴다.

SNS에 올라오는 사진들을 보면 거의 행복한 이야기들이 많다. 맛있는 식사, 멋진 여행, 재미난 일 등 행복이 넘친다. 그런데 실제로 사진 속 장면처럼 매일 행복할까. 나만 봐도 표현되지 않은 나머지 일상은 단순하고 지루하거나, 힘들거나 그저 그렇게 평범하게 사는 시간들이다.

사실 산문 같은 나날에 시 같은 순간은 많지 않다. 행복의 굴레에 얽매이지 말고, 이 세상의 모든 감정들을 하나씩 느껴보는 것도 사람으로 태어나 해 볼만 한 일이다.

그네

그네를 타고서 저 하늘의 무지개를 보면 가슴이 더 뛸 것 같았다. 워즈워드의 시를 진짜로 체험해 보고 싶었다. 하지만 나는 모든 걸 한꺼번에 잃어버렸다. 그 소설을 본 이후로…. 하루 종일 아기를 돌보야 하는 몸종인 어린 여자아이는 그네가 너무 타고 싶어서, 어느 날 아기의 목을 조른다. 그리고는 한없이 실컷 그네를 탄다. 나는 책을 덮으면서 울지도 못했다. 그네에만 가면, 여자아이가 늘 먼저 그네를 타면서 나를 보며 웃고 있다. 영혼이 무참하게 얼어붙는다.

책 만드는 시간

오마라 포르투온도의 공연을 보러 연세대 음악당으로 향했다. 그녀의 음악 중에서 보석 중의 보석이라는 〈20년(veinte años)〉는 내가 좋아하는 노래이다. '쿠바의 에디트 피아프'라 불리는 그녀의 나이 든 목소리에는 인생의 한恨이 담겨있다. 한은 굴곡진 자리만 골라 앉는다는데, 그녀의 삶이 눈앞에 선연하게 그려진다. 부에나비스타 소셜 클럽의 맥은 그녀에게서 꿋꿋하게 이어진다.

수필 잡지를 만들다보니 20년이 흘렀다. 처음부터 작정했더라면 못했을 일이다. 어쩌다 그렇게 돼 버린 것뿐이다. 잡지를 만들다보면 '잡雜'이란 말처럼 매 호마다 별의 별일이 다 생긴다. 별의 별 사람도 다 만난다. 별의 별 경우도 다 겪어야 한다.

하지만 출판이 될 때마다 가슴에 빛나는 별을 달아주었다. 그 반짝거림이 좋아서, 방금 인쇄된 책 냄새가 좋아서 세월이 가는 줄 몰랐다.

내레이션의 대화

　라디오 방송극본은 대사가 한 몫 한다. 성우들이 대사를 감칠 나게 잘 하면 종이 위에 있던 글들이 일어나 춤을 추고 사방으로 달려 나간다. 특히 러브신을 찰떡처럼 잘 하는 성우들을 보면 그들의 재능에 존경심이 든다. 사실 나는 대사보다 내레이션 쓰는 걸 좋아한다. 한 시퀀스가 끝날 때마다 내레이션은 조용히 선線을 그어준다. 주인공들이 달리느라 보지 못했던 풍경이나 속 시원하게 다하지 못한 속 안의 말들을 정리하고 대신 말해준다. 그래서 남의 마음도 제대로 읽을 수 있다. 삶에도 내레이션이 있으면 서로를 더 이해할 수 있을까.

러닝셔츠와 도시락

'4월 16일 3시 1분 전'의 이 순간을 당신 때문에 기억 하겠군요, 라고 말했지만 결국 헤어지고 말았다. 그 삶의 허무를 온몸으로 표출하는 〈아비정전〉의 '다리가 없는 새' 장국영. 때 묻은 러닝셔츠 차림으로 추었던 맘보춤은 이태리 장인이 한 땀 한 땀 만든 어떤 옷보다 잘 어울렸다.

호암아트홀에서 달랑 관객 3명과 함께 관람한 〈태양은 없다〉 마지막 장면에서 정우성이 러닝셔츠를 입고 걸어 나오던 모습은 평생 나의 마음에 각인된 정우성의 진짜 모습이다. 그 보잘 것 없는 러닝셔츠 한 장이 나에게는 치명적인 매력으로 남아있다. 아무것도 장식되지 않은 순수 자연의 모습일 때 사람이 더 잘 보이나보다. 머리카락이 시커먼 피카소보다 머리가 벗겨진 피카소의 눈이 더 형형하게 빛나는 것처럼.

〈화양연화〉에서 장만옥이 들고 다니던 국수 보온병이 떠오른다. 가파르고 좁은 계단을 오르내릴 때마다 흔들거리던 뜨거운 국수가 담긴 바로 그 도시락 보온병. 특히 비 오는 날에 영화 속 음악 'In the mood of love'를 듣고 있자면, 그 안에 담긴 뜨거운 국수가 생각난다. 뜨끈한 국수와 국물은 나의 내장을 따스하게 데워줄 것이고, 온 몸으로 온기가 퍼져나가 빗소리도 행복하게 들릴 것만 같아서….

또 한 편의 도시락 영화가 기억난다. 인도 뭄바이의 5천여 명의 도시락 배달원들이 부인의 도시락을 남편에게 배달한다, 는 특이한 소재의 〈런치박스〉에 마음이 혹했다. 물론 잘못 배달된 도시락으로 얽힌 이야기겠지 하는 추측은 예상대로였지만 쪽지가 문제였다. '글'이다. 마음의 글이 쪽지에 담기자 서로의 마음이 걷잡을 수 없이 움직인다. 그게 사랑이냐 아니냐는 중요하지 않다. 삶을 함께 하고 싶다는 강렬한 열망은 모든 걸 이겨낸다.

글이 있는 도시락에 인생이 흔들렸고, 세계가 바뀌었다.

그녀, 소피아 로렌

영화 〈해바라기〉에서 들판을 쳐다보던 그녀의 강렬하고도 허무에 가득 찬 두 눈은 평생 잊히지 않는다. 밀라노 오페라 하우스에 왔다는 사실 하나만으로 극장 안은 그녀의 아우라로 순식간에 가득 찼다. 방송안내를 하는 달뜬 목소리가 울려퍼진다. 〈자기 앞의 생〉에서 나이든 역할을 한 그녀의 처진 주름 하나하나에는 인생이 들어있고 이야기가 담겨있다. 전설은 일생을 온전히 바칠 때에 만들어진다.

선(線)이 선(善)일까

이제는 흔해졌지만 처음에 제임스 본드가 나오는 007영화를
볼 때 붉은 레이저 선이 나오는 장면은 늘 가슴을 아슬아슬하게
만들었다. 저러다 살짝이라도 건드리면 들킬 텐데, 하면서 침
을 삼켰다.

네트워크의 시대라 해도 기계치인 나는 겨우 E-메일이나 보
내는 수준이다. 하지만 바이러스 시대가 되니 모든 게 변한다.
이 우주가 통째로 움직인다. 변해야만 살아낼 수 있다고 연일
난리다. 험하고 거친 시간들이 바로 옆에 와 있다. 페스트로
순식간에 파괴되고 폐허가 된 유럽의 도시들이 떠오른다. 공포
는 상상을 통해 점점 커진다. 하지만 그 상상의 주체도 인간이
고, 탈출도 인간의 두 다리이다.

사람과 사람 사이에 보이지 않는 선들이 무수히 연결된다. 비대면 화상회의. 이 어마한 일을 실행하면서, 나는 새로운 신세계에 놀라고 한편으론 즐긴다. 어린아이부터 100살 노인까지도 거리낌 없이 이어지는 선의 길이다. 선(線)이 선(善)인 시간을 통과하고 있다.

어느 날 밤, 문득 궁금해졌다. 이런 시기를 겪어낸 아이들이 펼칠 미래의 삶은 어떤 모습일까.

이 경 은 의   그 리 운   이 야 기 — 일 곱   번 째

오후에게 속삭이다

갑자기 웃음이 픽 하고 나왔다. 아주 평범하고 나른한 오후였다. 쌍둥이 손녀들 동영상을 보다가, 나를 '과천 할머니'라고 부르는 소리에 갑자기 '그게 누구지?' 했다. 그 말이 순간 낯설어서 머리가 근지러웠다. 낯선 이름, 낯선 존재의 출현. 아니야. 아닐 거야. 난 내 이름이 있어. 아버지가 지어준 고운 이름. 경성의 은혜, 경은. 제일 중요한 건 나는 할머니가 아니라고. 할머니라니, 난 아직도 멋진 여자가 되는 꿈을 꾸는데? 보랏빛 같기도 하고 어떨 땐 연둣빛이기도 한 꿈을 꾸는데, 그런 말을 함부로 붙이면 안 되지….

'난 언제나 나야.'

소파에 누워 천장을 멍하니 바라보았다.

이 사람아, 우긴다고 될 일이 따로 있지. 쯔쯔쯧. 한심하기 이루 말할 수 없군. 세상만사 만물의 순환원리에 대해 뭐 좀 아는 척 하더니 이건 또 무슨 반란인가. 큰 아들이 여자 쌍둥이를 낳았다고 좋아한 지가 얼마 되지도 않았는데, 매일매일 귀엽다고 핸드폰 사진 눈이 빠지도록 들여다보며 웃은 게 누군데? 입가에 행복이 가득 묻어나더니, 이건 뭔 변덕질이람.

나도 알아. 그냥 낯설어서 그래. 사실 난 아직 준비가 안 되었어. 이해해 주면 안 돼? 나도 내 인생에서 할머니가 처음이잖아. 난생 처음 해 보는 역할이야. 무대가 영 어렵고, 아직은 연기가 서투른 게 당연하지. 안 그래? 그 중에서도 문제는 바로 마음과 머릿속인데, 확인 도장을 영 찍지 못하고 있어. 언젠가 인증 샷을 찍어 보내면 명실공히 할머니가 되겠지. 그때까지 좀 기다려 줘.

'......'

근데 더 기막힌 게 뭔 줄 알아? 남편과 둘이 나란히 소파에 앉아 있을 때야. 이거야말로 영락없는 노부부의 모습이지. 둘 다 머리에 서리가 내려앉았고, 텔레비전을 보다가도 하품하고 어느새 졸고 있는 거야. 그가 옆에서 졸고 있는 것을 보면 애처롭기까지 해. 아니 저 사람이 언제 저렇게…. 그렇게도 용모가 준수하더니, 할아버지가 다 됐네. 웃지마. 나도 알아. 나를 쳐다보는 그의 마음도 똑같겠지? 한번은 엘리베이터에서 어린 남자애가 "할아버지…?" 하는데, 누굴 부르나 하고 잠시 쳐다봤데. 글쎄 자기를 쳐다보며 아이가 부르는 데도 전혀 몰랐다는 거야. 그러다 문득 '바로 나구나.' 했다나. 부부가 일심동체라더니 하는 짓이 비슷하네. 그의 마음속에도 절대로 할아버지는 아니었던 거야.

웃긴다. 살면서 당신들한테 붙은 이름들이 어디 하나둘이야? 이 말에 왜 그렇게 민감해? 그냥 받아들여. 그러면 편해져. 유난 떨지 말고.

생각해 보니, 그 말은 다른 명패들과는 다른 것 같아. 세상에서 둘도 없이 따스한 말이지만, 마치 이제는 더 갈 데가 없는 듯한 느낌이 들게 하거든. 임무를 다한 이에게 남겨진 허탈감이랄까. 한 인간으로서 이제 붙여질 이름이 별로 없는 것을 확인시켜 주는 말이랄까. '젊음'이란 말과는 완전히 멀어진 기분이야. 나이를 숫자로는 세어도 머리로는 아직은 나는 젊다고 생각한 탓인가 봐. 열정이 남아 있어서인가. 사실 뭐 크게 예전에 비해 변한 것도 없는데, 그 카테고리 안에 들어서는 게 약간 억울할 수도 있겠지. 그 말보다 매우 속상한 말도 있어. 어르신.

왜? 어르신. 존경과 배려의 말이잖아. 이보게. 자꾸 세상에 딴지 걸 지 말고 순응해. 세상도 애쓰고 있으니까 협력하라고. 제발!

솔직히 고백하자면, 난 그 말은 딴 나라 세상의 말인 줄 알았어. TV에서 어르신 어쩌고 할 때 아예 듣지도 않았는데, 글쎄 그게 바로 나더라니까. 나한테 아무런 신고도 안 하고 나를 그 범위 안에 집어넣다니. 괘씸해. 세상에 기막힌 일이 한두 가지가 아냐. 한번은 어느 협회 사무국에서 전화가 왔어. 이제 원로가 되셔서 새해부터는 회비를 안 내도 된다고. 영구 면제래. 와우, 이런 소리를 듣게 될 줄이야. 예전엔 미처 몰랐네. 그런데 돈은 굳어서 좋지만, 어찌나 서운하던지 당장이라도 일 년치 회비를 내고 평범한 회원으로 가입하고 싶어지더라고.

어허, 이 사람이 '젊음'을 너무 끌어안고 내놓으려고 하지 않는구먼. 뭐가 그렇게 아쉬워서 손에 꽉 쥐고 있는 거야? 아무리 막으려 해도 시간은 손가락 사이로 빠져나가. 못 막는다고. 그러니 이제 세월은 좀 젊은이들한테 양보하고 노인네 모드로 살아. 천천히, 느리게, 아무 생각 없이…. 그리고 내가 크게 인심써서 한 가지 팁을 주지.

"젊음은 늘 네 안에 있어. 아무도 못 뺏어가. 네가 가슴에 잘 간직한다면 말이야. 잃어버리지나 말아."

평생 아침잠이 많다. 타고난 야행성 존재이다. 내 주위의 사람들은 아주 급한 일 아니면 절대 이른 아침에 전화를 하지 않는다.

나는 오후부터 움직인다. 체질적으로 그때쯤이라야 뇌가 활성화가 되는 모양이다. 운기체질을 살펴봐도 확실히 그렇다. 헌데 병명 하나를 얻고부터는 대개 12시에는 잠에 들고, 느닷없이 아침 일찍 눈이 떠지기도 한다. 아침에 노트북을 켜서 글을 쓰는 건 내 생전에 처음 있는 일이다. 나는 글이란 오후에만 써 지는 줄 알았다. 세상만물의 순환이치란 내가 서 있는 지점이 어디냐에 따라 변하는 모양이다. 내 인생의 오후도 어쩌면 달라지려나.

매혹되는 순간

매혹되는 순간들이 많았다. 삶이 아무리 힘들어도, 삶은 참으로 매혹 덩어리였다. 하나씩 조각을 내어 반지를 만들고 귀걸이와 팔찌를 만들어 내놓은 좌판에서 나는 눈을 떼지 못했다. 두 손은 빈털터리인데도 티파니 상점이 있는 거리를, 차이코프스키의 바이올린 협주곡을, 아를의 고흐 방을, 남프랑스의 니스 해변을, 니체의 실스마리아, 쿠바의 헤밍웨이 '라 플로리디타' 카페를 떠올렸다. 그 순간 내 삶의 3분의 1에 해당하는 구체적인 삶의 계획과 의미가 정해졌다. 발이 닿을 때까지 가보자. 내 발걸음은 아직 현재진행형이다.

유리 조각에 비친 생각들

깨진 유리 조각들에 빛이 다가온다. 빛이 앉은 자리마다 영롱한 빛깔들을 팔레트의 그림물감처럼 창조한다. 빛은 공기에 따라 움직이기도 하고 구름을 따라 제 몸을 보여주기도 하고 가리기도 한다. 내 마음이 여러 생각들로 움직일 때마다 빛도 따라서 바뀌며, 빛의 세계를 보여준다. 어느 새 내 마음에도 빛이 따라 들어와 그 화려한 색깔을 입힌다. 과학자들은 말도 안 되는 소리라고 할 지 모르지만, 말도 안 되는 것을 상상하고 느낀 걸 쓰는 게 작가라서 참 다행이다. 말도 안 되는 이야기들이 때론 미래의 세상이다.

마티스의 파란 색

〈블루 누드〉의 파란 색은 이미 하나의 장르이다. '파랗다'라는 말을 떠올리면 마티스의 이 그림이 제일 먼저 떠오른다. 물론 피카소의 청색시대도 있지만, 그것은 우울한 무드를 자아내니 순수결정체는 아니다.

나는 한때 심하게 블루에 빠졌다. 이유를 알 순 없지만 블루만 보면 심장이 뛰었고, 에너지가 솟았으며, 기분이 구름 위까지 올라갔다. 남프랑스 니스의 마티스 미술관에서 이 작품을 본 순간, 니스 바다를 닮은 파란 하늘이 더 파랗게 다가왔다. 아마 이카루스도 처음에는 파란 하늘을 쳐다보다가 제 밀랍 날개가 다 녹는지도 모르고 태양까지 갔는지도 모른다. 〈이카루스〉에는 다행히 붉은 심장이 뛰고 있다.

여전히 하늘은 파랗고. 마티스는 누가 뭐래도 블루 맨이다.

도시 여자

여행을 갔다 오다가 분당쯤 오면 마음이 편안해진다. 거기에
다 불빛이 반짝거리기 시작하면 그렇게 좋을 수가 없다. 서울로
들어올수록 불빛들은 더 많이 반짝이고 고속도로 양 옆은 불야성
의 도시로 변한다. 나는 이제 내 보금자리로 돌아왔구나, 하는
생각에 얼른 집에 가고 싶어진다. 몇 시간 전 여행지에서 전원의
풍경이 어쩌고저쩌고 한 일은 다 잊어버리고 얄미운 짓을 한다.

은퇴 후에 한적한 전원생활을 많이 꿈꾸는데, 나는 단 한 번
도 생각해 본 적이 없다. 운전을 못하니 기동력이 떨어져 너무
불편하고 잘 하지도 않는 문화생활을 누리기가 쉽지 않다는 어
설픈 변명이 있지만, 실은 DNA자체가 도시형 인간이다. 사람
천성 쉽게 못 바꾼다. 그리고 휴식처가 꼭 전원일 필요야 없지
않은가.

다르다 달라

"빨리 가자." 해도 나올 때까지 기다리고,

"그만 좀 찍어."라고 말해도 여기저기 계속 찍고,

"뭘 그렇게 찍을 게 많아?"라며 눈치를 줘도 꿋꿋하게 버틴다.

예술은 구박과 핍박을 당해야 잘 자라나보다. 한 장의 명품 사진은 그렇게 탄생의 역사를 만들고, 결국 우리 집 벽 하나를 온전히 차지하더니, 뜻하지 않게 전시회에까지 걸리는 영광을 얻는다. 알 수 없는 일은 알 수 없는 짓을 자꾸 할 때 일어나는 모양이다.

쩍 달라붙었으면

마감이 다 돼 가는데, 원고가 제대로 마련이 안 되면 그야말로 난감하다. 제목이 잘 떠오르지 않거나 방송극 중간에 들어간 에피소드가 맘에 안 들 때, 주인공들의 대사나 내레이션이 쩍 달라붙질 못하면 손에서 내보낼 수가 없다. 누가 셰익스피어 작품 달랬나, 라고 할 수도 있지만 누구나 꿈은 셰익스피어다. 꿈은 자유니까. 가끔 손에 쩍 달라붙는 글을 쓰는 날엔 숨결마저 푸르다. 방송이 선線을 타고 사방으로 달린다.

외로우셨겠다

청년 때부터 공부보다는 운동을 좋아하셨다. 남산 체육공원을 하루도 안 빠지시고 다니셔서 언제나 몸이 청년이었다. 한번옷을 정하면 주구장창 같은 색깔의 옷만 입으시는 패셔니스트였고, 어머님이 허리가 아파 누워 계시자 열혈 남편으로 잔소리와 뒷바라지를 함께 하는 아내사랑꾼이었다. 어느 뜨거운 여름날, 갑자기 다들 엄마 편만 들고 당신은 모른 척 한다고 서운해하셨다. 고생은 당신이 하는데 모두 엄마만 생각하고 아낀다고어린애처럼 그러셨다. 어른도 어리광이 필요한가.

"당해봐야 알어." 라고 말하는 목소리에 눈물이 맺혀 있다. 우리는 놀라서 서로 뚱하니 쳐다봤다. 아버님은 외로우셨던 것이다. 그래. 혼자서 외로우셨겠다.

살라망카의 세 할머니

살라망카 거리엔 오늘도 세 할머니가 걸어간다. 허리를 90도 각도로 굽힌 채 거리를 지척지척 걷는다. '죽음'. 동네 아이들은 그 세 분을 그렇게 부른다. 나는 아무것도 참견할 수 없는 이방인이지만 그렇게 부르고 싶지 않다. 죽음 곁엔 항상 삶이 파트너로 붙어있으니, 나는 그를 불러낸다. 살아 있다는 것을 증명하기 위해 매일 거리를 걷는 세 할머니의 이름은 '삶'이다.

보이지 않는 눈물

울어줘서 고마워요, 라고 말했다. 그런 말을 들을 줄은 몰랐다. 이제 우리는 나이가 들어서 울음이 안 나와. 가까운 이나 먼 사람이나 존경하거나 사랑하거나 죽음을 너무 많이 보았어. 죽음의 그림자들이 떠나면서 눈물샘을 걷어간 모양이야.

고 작은 것도 샘이라고 갖고 싶었을까. 하긴 '샘'은 생명의 원천이니까, 죽음도 화들짝 반가웠겠지. 죽음을 영원히 살고 싶어서인지도 몰라. 어느 날 하루 펑펑 울었으면 좋겠어. 눈물이 내 눈에서 흘러내리면 행복할 것 같아. 보이지 않는 눈물은 너무 슬프거든.

핑계

핑계는 예쁜 말은 아니지만 때론 위로가 되는 말이다. 핑계거리가 있어서 사람들은 숨을 쉴 수가 있다. 핑계를 대고 어머니 치마 속에 숨을 수 있고, 자기의 그림자 뒤에 도망갈 수도 있다. 잠시 숨게 내버려 두어라. 도망가게 놔 두어라. 그런 날도 있어야 힘들고 긴 세상 살아낼 수 있다. 야단치지 말고 그저 사랑해 주어라. 어느 날 문득 돌아와 당신을 안아줄 테니.

밋밋한 것에 대한 감사

"절편을 먹는 며느리가 들어왔네." 라며 시어머님이 반가워하셨다. 남들이 잘 쳐다보지도 않는 떡 절편을 좋아한다면서 환하게 웃으시는 모습에 나는 우리 할머니처럼 느껴졌다. 속으로는 그게 그렇게 신기한 일인가 싶기도 했지만….

나는 빵도 밋밋한 통밀 빵이나 바게트 스타일을 좋아한다. 그 안에 뭔가 달콤한 게 들어가 있으면 잘 먹어지지가 않는다. 본연의 빵맛을, 떡 맛을 제대로 즐길 수가 없다는 잘난 생각 때문이 아니라 그저 내 입맛이 그럴 뿐이다. 아마 맨 밥을 좋아하는 것도, 그날이 그날 같은 밋밋한 사람을 좋아하는 것도, 내 안의 무언가가 '밋밋함'이 편해서일 게다.

어느 날 문득 이런 생각이 들었다. 삶을 뜨겁게 살려니 밋밋한 바탕이 필요한 걸까. 생의 무늬는 흰 종이 위에서 더 잘 그려질 테니. 아, 밋밋함은 위대한 삶의 바탕이었구나.

우리가 사랑 받은 순간

밥 먹고 다녀라, 굶지 말고 뭐라도 사 먹어라. 천천히 먹어라. 멋 부리다 얼어 죽는다 단단히 입어라, 일찍 다녀라, 전화 좀 해라, 아프면 약 먹어라, 공부 좀 해라, 좋은 책 좀 읽어라, 눈 나빠지니 게임 좀 그만해라, 밥 좀 같이 먹자, 차 조심해라. 눈 미끄럽다 조심해라. 운전 조심해서 와라. 언제 철들래?

세상의 모든 잔소리. 우리가 사랑받은 행복한 순간.

다섯 권의 초청장

방금 시집 한 권을 받았다. 식구처럼 지내는 동인회 후배이다. 나는 우선 작가의 사인이 된 책을 받은 후에, 다섯 권을 주문한다. 아직 안 보낸 경우, 전화해서 보내라고 말한 뒤에 진행한다. 내 삶의 작은 순서이다. 까다롭기는, 나도 안다. 하지만 나는 그게 인간에 대한 존중이라 생각한다. 문단에서 가까운 이가 쓴 책을 받는다는 건, 결혼식 청첩장을 받는 것과 비슷하다. 나는 축의금이라 생각하며 책을 산다. 내가 책을 냈을 때 사 주었던 분들에 대한 고마움도 담겨 있고, 이런 기도도 한다. '이렇게 사 주면 재판도 찍을지 몰라. 작가들 소원이잖아. 재판 찍어서 인세 받는 거.'

내가 가난해 질 무렵, 당신이 대신 해주길.

이경은의 그리운 이야기 — 여덟 번째

이태리 정원을 꿈꾸며

그녀의 목소리는 묘하다. 촉촉한 것도 아니고 부드럽지도 않다. 그런데 이상하게 스피커에서 들려오는 지지직거리는 소리와 잘 어울리고, 목소리 안에 시간의 흐름이 묻어 있다. 저땐 저렇게 불렀겠구나. 현대 가수들이 부르는 다른 버전을 듣고 있는 중에도 머리에는 여전히 그 처량 맞기조차 한 음색이 맴돈다. 전설의 무용가 최승희가 부르는 〈이태리 정원〉.

당시 모던보이라 불리던 안막과 결혼해서 딸을 낳은 그녀가 부른 이 노래를 듣고 있으면, 불현듯 이태리 정원으로 가고 싶은 마음이 느껴진다.

"……사랑의 노래 부르면서/ 산 넘고 물을 건너/ 님 오길 기다리는 이태리 정원/ 어서와 주셔요."

그녀는 무슨 꿈을 꾸었을까.

가족이라는 테두리 안에서 행복해서, 아니면 사는 게 힘들어 이상향처럼 꿈을 꾸었던가. 그녀의 무용가로서의 드라마틱한 삶이 머릿속을 스쳐지나간다. 노래에서 새어나오는 감정의 물방울은 씁쓸한 슬픔으로 그 뒤끝이 비릿하다.

사람은 행복할 때도 꿈을 꾸지만, 그렇지 못할 때에도 간절한 마음으로 꿈을 꾸게 되는 걸까. 이젠 글로벌 시대라 이태리에도 가기가 쉽다지만, 어디 비행기 표만 있다고 갈 데인가. 마음은 이태리 정원에서 사랑하는 연인과 꽃을 보고 싶지만 발걸음이 쉽게 떼어지지 않는다. 자기가 서 있는 그 자리에서…. 살다보니 그게 그렇더라.

나는 신혼 생활을 서초동의 정원이 근사한 집에서 시작했다. 철이라곤 없었던 나이라 정원이 딸린 집에서의 삶이 그저 멋져 보이기만 했다. 게다가 2층 전체를 다 쓰는 조건이라 무조건 계약서에 도장을 찍었다. 드디어 지하 1층에서 지상 2층으로 올라가는 구나 싶었다.

몸이 근실거렸다. 상승은 희열을 당겨왔다. '올라간다'는 말이 그토록 강렬한 힘을 내뿜는지 그야말로 몰랐다. 내 안에 나도 모르는 그런 상승욕구가 있다는 게 괜히 웃기기도 하고 낯설기도 했지만, 그보다는 이젠 햇빛을 실컷 받을 수 있고 창밖을 내다보는 볼 수 있다는 게 더 기뻤던 것 같다. 한 달 뒤, 거금 30만 원을 주인이 보일러 기름 값으로 분배 청구를 했을 때에야 겨우 사태의 심각성을 알았지만, 나는 그래도 2층집과 정원을 포기하지 않았을 거라고 지금도 생각한다. 허영이라고 해도 할 말이 없다. 때로 허영은 마지막 자존심이기도 하니까.

여행을 다니며 세계 각국의 정원들을 제법 보았다. 기가 막히게 꾸며진 정원들은 감탄을 자아냈지만 마음에 담아지지는 않았다. 그저 아름답게 꾸며졌을 뿐이다. 스페인의 알함브라 궁전에 갔을 때, 나는 궁전과 정원보다는 2층 회랑에서 보이는 산동네의 집들에 빠졌다. 한동안 글이 잘 안 써지는 시간이었다. 그 집들을 보는 순간 '아, 저 집들의 이야기를 하나씩만 써도 천 편일 텐데….'하며 속으로 외쳤다. 그들의 삶을 쓰고 싶다, 는 생각이 들어차기 시작했다. 내 온 몸이 채워지는 순간이었다. 사람들의 이야기가 가득한 집들의 기운을 받아서였을까. 돌아와 책상 앞에 앉으니 손이 잘 나아갔다. 정원의 아름다움이 사람의 빛을 이기지 못한 나의 알함브라 궁전 스토리이다.

막내아들이 이태리에서 유학을 해 몇 번을 갔지만, 밀라노 시내라 그런지 이태리 정원에 대한 이미지가 거의 없다. 그래서 사실 이 노래 제목이 다가오진 않는다. 다만 이 노래의 선율이 사람의 마음을 애절하게 붙잡기는 한다. 요새 며칠 아침에 일어나면 이 노래가 입가에 자꾸 맴도는 걸 보니까, 너무 오랫동안 정원을 못 보았나보다. 해외로 가는 길이 사방으로 막혀 있으니 그저 꿈이나 꾸어야 할까. 아니 마음의 정원만으로 만족하기엔 내 안에서 꿈틀대는 탈출의 욕구가 그 강한 생명력으로 부풀고 넘치는 중이다.

최승희가 가고 싶다던 그 이태리 정원.

그 곳은 그냥 단순한 의미의 정원이 아니다. 그건 행복의 느낌이 가득 들어 있는 곳이고, 꿈이 몽글몽글하게 피어오르는 몽환의 세계이고, 초록과 온갖 색깔들이 대비되고 어우러진 세

련미의 극치이며, 정원사의 손길과 숨결이 배어있는 디자인 예술의 결정체―'빛이 내려앉은 땅'일 것만 같다. 그녀에게는, 혹 어느 날의 나에게는….

이제는 절대 꿈꾸지 않으리. 영혼의 샘물이 메마르고 꽃이 시들기 전에 그 자리에 화려한 색깔의 싱싱한 꽃들로 채우고 싶다. 내일은 공항에서 이태리 행 첫 비행기를 타리라. 도착하면 멋진 이태리 정원을 찾아내어 사진을 찍으며 활짝 웃고 싶다.

결혼식 전 날 밤

　꿈을 꾸었다. 결혼식 전 날 밤, 어느 성당의 개울가에서 길고 흰 옷을 입은 세 여자 분이 나를 정성껏 씻겨 주었다. 꿈속에서 선녀 같은 수녀님들인가, 라고 생각했다. 참으로 온 몸이 개운하고 맑았다.

　"할머니, 참 이상하지. 성당에 다니지도 않는데 그런 꿈을 꾸었어."

　"좋은 꿈이로구나." 하셨다. 할머니는 불교신자셨다.

영혼의 집

가까워도 왠지 가지지 않는 곳이 있다. 종로 한복판에 묵직하게 들어서 있고, 가슴 한 복판에도 늘 가보고 싶은 마음이 있는 데도.

할아버지는 여기 종묘를 몇 년간이나 다니셨다. 전쟁 중에 잃어버린 집안의 족보를 찾아내겠다고 온 힘을 다해 자료를 뒤지셨다. 우리 천둥벌거숭이 손주들은 그저 그 말씀을 흘려보냈지만, 끝끝내 찾아내셨다.

그건 발굴이다. 일생의 힘이 집약된 종손의 삶이다. 얇은 용돈 주머니 속을 다 뒤집어서, 새 족보 집을 만들어 자손들에게 나누어 주셨다. 물론 긴 설명과 함께. 우리는 잠시 들여다보고는 어딘가에 두었다. 잘 꺼내지지 않는 그 곳에, 그래서 통째로 잊어버리는 그런 후미진 곳에.

오늘 영혼들의 집, 종묘에 서니 가슴 언저리가 뜨끔거린다. 신의 길(神路) 옆을 걸으면서, 할아버지가 걸으셨던 발걸음을 찾아본다. 영녕전永寧殿 앞에 서서 구름을 쳐다보았을 그 시선을 그려본다. 이런 어설픈 감정이 참으로 부끄럽다. 그땐 왜 그렇게 몰랐을까. 그 모든 게 얼마나 소중한지를.

빈 의자의 초대

빈 의자는 말한다.

누구든지 오셔요.

아무 걱정 말고 마음 편히 앉아서

저 하늘의 구름과 푸른 들, 맑은 공기, 햇빛을

실컷 들이키세요.

가슴 안으로 깊숙이 집어넣으셔도

누구도 흘겨보지 않아요.

잠시지만 세상을 잊고

숨을 쉬세요.

사람은 숨을 쉬어야 산답니다.

악몽

의사가 건조하게 말했다.

"아마 이 약을 드시면 한 달에 몇 번 악몽을 꾸게 될지 몰라요."

악몽이라고? 악몽을 꾸게 하는 약도 있나? 길몽을 파는 산몽가들의 이야기는 들었어도, 악몽 얘기는 처음인데? 막강한 약이로군.

나는 믿지 않았다. 병을 낫게 하는 게 약인데, 설마 그럴라고? 일부러 겁주는 거 아냐, 싶었다. 굳이 그러지 않으셔도 이미 가슴이 반은 쪼그라들었다고요. 긍정적인 마인드와 운동이 최고라는 말씀이시죠? 긍정은 자신이 있는데, 운동은.

"죽기 살기로 하세요."

살려고 하는 건데, 죽는다는 말은 왜?

"얼마나 살까요?"

"사람마다 다르죠. 어떻게 삶을 대하느냐에 달렸어요."

일반적인 말을 시니컬하게 하는 의사선생님이 맘에 들었다. 감정이 섞이지 않은 냉담한 언어 선택도 괜찮았다. 계속 보게 될 것 같다는 생각을 하며 병원 문을 나섰다.

악몽은 말대로 어김없이 실행되었다. 같이 자는 남편은 늘 귀를 열어두었다. 편하게 자긴 애당초 틀렸고…. 내 병명이 확정된 순간부터 그는 등에서 떨어지지 않는 배낭을 하나 확실하게 짊어진 셈이었다. 미안함을 넘어서 슬며시 화가 날 때가 많아졌다.

"경은아~." 하고 내 몸을 흔든다.

악몽에서 깨어나는 터널 맨 끝에 언제나 그가 서서 기다린다. 큐 사인처럼 내 손을 잡아준다. 결혼식 선서를 할 때 혼자서 무슨 약속을 했기에 이런 돌보미가 되었을까. 악몽을 꿀 때마다 나는 자다가도 짧게 꿈 얘기를 해준다. 대개 주제를 놓치지 않지만, 횡설수설 할 때도 많다. 오늘은 누가 나를 쫓아와서 잡으려 했고, 가끔 나를 죽이려 했다며 아주 긴박하고 위험한 상황을 혼자 중얼대는 모양이다. 그러다 다시 잠드는 걸 바라보는 그의 심정을 나는 차라리 모른 체 하고 싶다.

내 꿈을 진두지휘하는 연출가는 누구인가?

약인가? 뇌인가? 꿈인가? 나인가? 프로이트인가? G,O,D인가?

어쨌든 7D 정도로 리얼하고 생생한 현장감에 소름이 돋고, 때론 다시 잠자기가 두려울 때도 있다. 하지만 원래 잠꾸러기라 잠을 포기하진 않는다. 잠이 많아 참 다행이다. 행복한 꿈을 꿀 수도 있는 거니까. '달샘 언니'처럼 길몽을 꾸면 더 신나겠지만.

미련

미련을 두는 일을 미련한 일이라고 생각했다. 마지막 직전까지 잘 봐 주다가 상대가 한두 번 돌이킬 수 없는 행동을 하면, 늘 말없이 매정하게 돌아섰다. 미련의 마음을 싹둑, 단칼에 잘라내었다. 독한 마음. 그런 행동을 할 때까지 겉으로는 웃는 얼굴이었는데, 속으로는 어쩌나 보려고 빤히 쳐다보고 있었던 것이다. 마음에 날카로운 칼날을 세우고도 맹랑하게.

미련이 있으면 나 자신을 방어하지 못하고 방어벽이 허술해져서, 제대로 설 수가 없다는 생각이 온 몸을 지배했다. 내 인생의 여러 해 동안 나는 혼자였다. 세상은 무더기였고, 무더기로 달려드는 무시무시한 세상을 나는 이겨내야 한다는 압박감에 시달렸다. 어머니가 내어준 새끼손가락을 꼭 잡고, 겨우 집으로 돌아왔다.

집은 가족이라지만, 바람 앞에서 모든 것이 흩어졌다. 벽이 더러 무너지고 구멍이 숭숭 뚫린 집은 가족들을 따스하게 막아주지 못했고, 서로의 체온으로 감싸기엔 몸이 너무 말랐다. 가족이라는 말이 그토록, 아팠다.

가끔 미련이라는 말을 쓸 때가 있다. 너무 일찍 떠나신, 모든 날카로움을 무디게 만들었던, 나의 어머니에게만은.

줄기차게

결코 그치지 않는다. 뒤나 옆을 돌아보지도 않는다. 그저 힘차게 앞으로 나아간다. 나약함은 이미 버린 지 오래이다. 그 말에는 집념, 온갖 정성과 사랑을 들인 흔적이 있다. 생명력이 넘쳐흐른다. '줄기차게'는 끈기, '기차게'는 열정, '차게'는 냉정이라는 언어의 뉘앙스를 품고 있다. 이 말을 너무 늦게 알았지만, 이제라도 알아서 참 다행이다. 오늘 나는 그대에게 이 '줄기차게'라는 말을 선물하고 싶다. 우리 서로 줄기차게 잘 지내보자.

언어, 그 비밀의 문

무언가에 '끌린다'는 말은 매력이 넘친다. '땅긴다'는 말과 비슷하지만 언어의 품격이 다르게 느껴진다. 왠지 그윽한 분위기가 흘러나오고, 슬쩍 나만의 비밀을 갖게 된 기분이 든다. 아직 무언가에 끌리는 게 있으니 젊구나, 라는 얘기를 들으면 저절로 입 꼬리가 올라간다. 서로의 끌림을 알아챈 영혼들이 금방이라도 맞닿을 것 같은 달콤한 구석이 있는 말이다.

그래도 가끔은 '이거 땅겨?'라는 시뻘건 말을 쓰며 친구하고 히히덕거리고 싶을 때도 있다. 금지된 선을 넘는 무모한 자유, 드디어 탈출했다는 행복의 아슬아슬함이 잔뜩 담겨 있는 이 언어의 별칭은 '도발'이다. 젊음이 보너스처럼 스며있고, 뜨거운 햇살과 걱정 없는 웃음소리를 듣게 하는 마법이 피어난다. 모든

언어의 존재는 특별나고 유별나다. 언어의 세계는 희열로 가는
비밀의 문이다.

오백 원의 무게

오백 원, 은 바위틈에 끼어 있으면서 온갖 생각이 들었다. 나는 어쩌다 이 세상에 태어나 이렇게 끼어 있어야 하는 팔자가 되었나. 서럽기도 하고 무섭기도 했다. 남들처럼 세상 밖으로 나가 이리저리 싸돌아다니면서 경제의 한 축을 맡아 산업역군으로 성장하거나 사탕 한 알이라도 사 먹고 싶었는데, 사람들은 자신의 온 몸에 온갖 기도를 얹혀서는 콕 박아버렸다. 아무리 어깨가 무겁다고 소리쳐도 들은 척도 안하고, 꼼짝 말고 끼어 있으라고만 했다.

어느 날, 오백 원은 부자가 되고 싶은 사람들이 세상에 그렇게 많은지 알고 나니 왠지 슬퍼졌다. 너무 슬퍼져서 원망하는 마음이 사라져 버렸다. 나중엔 잘 끼어 있으려고 몸을 사방으로 부풀려 늘렸다. 그리고는 밤마다 웃었다. 오백 원으로 할 수 있는 최고의 가치 있는 일을 하고 있는 거야, 사람들을 돕는 게 나라의 경제를 돕는 거라면서 어깨를 으쓱했다.

오백 원은 아직도 탑사 바위틈에 끼어 사람들의 기도를 들어주고 있다.

빛을 따라 내려오다

어두운 밤, 세상의 불들이 하나씩 꺼져간다. 집으로 돌아와 하루 종일 안고 다녔던 마음을 방 한 구석에 내려놓는다. 옷을 벗을 때마다 피곤으로 가득한 마음도 벗는다. 이 작은 방에서는 세상을 보며 억지로 웃을 필요도 없고, 사람들의 대열에 맞춰서 걷지 않아도 아무 일 없다. 밤은 암흑이지만 나를 보여주지 않아서 포근하다. 세상이 잠시 나를 잊어서, 내가 세상을 통째로 깜빡할 수 있어서 다행이다. 신은 곁에 빛을 둔다던데, 때론 그 빛이 버겁다. 그러면서도 내일 아침엔 빛을 따라 내려오시겠지, 하는 믿음으로 잠에 든다. 편안히.

문턱을 쓸다

늘 문턱이 있었다. 그 문턱은 때론 고층 건물처럼 높기도 했고, 아주 낮아서 쉽게 넘기도 했다. 마치 나의 삶의 분기별 피날레처럼 새로운 장章을 열 때마다 나타났다. 그래도 포기하지 않고 넘었다. 넘기 전에 빗자루를 가져와서 열심히 쓸고 또 쓸었다. 잘 넘고 싶은 마음이 절실했다. 나 홀로 외로이 서 있어야 했지만, 내 문턱은 내가 넘는다며 도망가려는 영혼의 충동을 붙잡아매었다. 문턱이 없었다면 사는 게 쉬웠을까. 내가 사는 아파트에는 문턱이 없다. 아예 처음부터 싹둑 잘라져 버렸다. 없어지고 나서야 문턱이 보인다.

시간이라는 유산

이 세상에 태어나면서 우리 모두는 시간을 유산으로 받았다. 자연이거나 신이거나 알 수 없는 초월적인 존재에게서. 비록 한정된 시간이지만 뭔가를 느끼고 생각하기에는 비교적 충분하다고 생각되지만, 사람에 따라 경우의 수는 무한하다.

이 유산은 잘 다루어야 할 권리와 의무가 있다. 하지만 잘 관리하고 있는가, 에 대한 답변은 결코 쉽지 않다. 시간은 두 손에 꽉 쥔다고 해서 숨길 수도 없고, 손가락을 편다고 해서 그 실체를 한 눈에 볼 수 없다. 시간은 줄이 아니다. 팽팽하지도 느슨하지도 않다. 늘리거나 줄일 수 없다. 미치도록 정확하고 냉혹하리만치 객관적이다. 게다가 지독하게 공평하고 평등하다. 불평을 할 수가 없다. 매순간 줄어들 뿐, 절대 늘어나지 않는다. 그건 길거나 짧거나 아무 상관이 없다. 어떻게 느끼고 생각하느냐에 따라 그 용량의 가치가 정해지기 때문이다.

때론 수많은 점들이 만든 선線 같은 느낌이 든다. 점들은 순간순간의 선禪의 집합체. 점들이 이어져 선이 된다. 굵게도 되고 가늘게도 된다. 진하거나 흐리거나 일단 형태를 갖추면 선으로서 인정을 받을 수 있다. 그러나 그 선은 순식간에 점으로 흩어져 사라질 위험이 있음을 잘 기억해야만 한다. 점을 정확하게 찍지 않으면 선線이 중간 중간 끊어지는 걸 경험해야 한다. 매순간 선禪을 하듯이 마음을 다해 찍어야 한다.

이 유산은 조금 골치가 아프다. 알맞은 해답도 없고 정확한 점수를 받을 수도 없다. 맨 마지막에 결과물이 기다리긴 하지만, 이미 시간은 손가락 사이로 다 빠져나가 볼 수 없는 게 단점이다. 아니 장점인가. 나는 오늘도 시간의 밭을 갈러 나간다.

겨울을 기다리며

겨울을 좋아한다. 그 차갑고 쌀쌀하며, 깔끔한 게 성질에 맞는다. 쨍한 얼음을 보면 입 안이 다 개운해진다. 도도함이 묻어나고, 자존심이 꼿꼿하게 세워지는 기분마저 든다. "사랑은 후회하지 않는다."는 말을 남긴 〈러브 스토리〉 주인공들이 눈 위에서 장난치던 사랑의 장면은 평생 잊히지 않는다. 재수하던 시절, 광화문 극장에서 혼자 보며 가슴이 설레었다. 앞뒤로 아무런 생각 없이 공부만 해야 하는데, 사랑이 하고 싶어졌다. 눈처럼 포근한 사랑이. 눈은 겨울의 강력한 옵션.

허나 겨울이 차갑기만 할까. 무엇보다 커피 맛을 그 어느 때보다 맛있게 만드는 마법의 힘을 가졌다. 물론 군고구마나 붕어빵, 뜨거운 어묵 국물을 세상 무엇보다도 뜨끈하게 변신시켜

주는 것도 겨울의 그 춥디추운 입김이다.

　그것도 모자라 싸모바르가 끓는 옆에서 도스토예프스키나 안톤 체호프의 책을 읽는 기쁨은 거의 최고조의 희열이다. 알료사와 스메르자코프의 낮게 속삭이는 이야기를 듣고, 귀여운 여인이 사방으로 돌아다니며 재잘대는 장면은 몇 번을 읽어도 지루하지 않다. 몸은 추워서 움츠러들지만, 마음은 뜨겁기만 하다. 이번 겨울은 특히 춥다니, 털모자나 하나 준비해야 하려나.

세상의 모든 걸음

쉬는 걸음

멈춘 걸음

놓친 걸음

놓아버린 걸음

디뎌지지 않는 걸음

망설이는 걸음

…….

모두 다 걸음이다.

마음으로 걷기만 한다면.

에필로그

그리고 기린이 말했다.

너를 기다렸어. 오랫동안.

보고 싶어서.

이제 내가 살던 초원의 푸른 들판으로 떠나.

못 봐도 너무 아쉬워하지 마.

나는 늘 너의 마음속에 살고 있으니.

이경은

에세이

가만히 기린을 바라보았다